女王 著

愛自己

我愛你，但是我更愛我自己。

I love you, but I love myself more.

改變我人生的這五年

最近，與好久沒見面的多年好友聊天，聊到了這些年來彼此的近況……

因為實在太久沒有見面了，也太久沒有許多以前朋友的消息，我們一聊就聊了一兩個小時，其間打電話來打招呼的朋友，他的第一個女兒出生到現在我還沒見到，沒想到他開心的跟我說：「我已經有第二個女兒囉！」另一個女生朋友也生了第二胎。

驚訝的我更新了近況才知道，朋友間有人生了一個，有人生了兩個……有人準備求婚……有的朋友換了女友、有的換了男友，有的搬家了、換工作了……沒想到，這些年來，大家的變化都好大。

朋友笑說：「你現在也很成功，擁有自己喜歡做的事業！」我說：「對啊！我以前也沒想到現在會變成這樣子的人……」

呵呵，回想起五年前剛認識的時候，那時年輕的我們有燃燒不完的青春，那時候的我們，可以和朋友一起嘻笑聊天到凌晨，氣色還是一樣好，根本不化妝也不用擔心。而現在，到了

凌晨一點是極限，當身邊的七年級生還想要續攤，我們只想回家卸妝、洗澡、睡美容覺。那時候，覺得愛情就是你愛我、我愛你，不用考慮未來，也不想太多自己真正的需要，甚至，根本不知道自己適合的是什麼。

與朋友聊著身邊朋友們這些年的改變，驚訝五年來的改變實在太大了，五年多以前開始在網路上寫作，那時候一時興起用「女王」當作筆名，怎麼也沒料到現在的我真的成為「女王」，寫作從我的興趣變成了我的事業。五年前的我，沒有自信、不夠快樂，不清楚自己的方向，但唯一的優點大概就是我很樂觀，不管發生在我身上什麼鳥事，我都可以笑嘻嘻的度過，不管在愛情裡跌倒、在社會上遇到什麼考驗，我都能馬上擦乾眼淚，站起來，用力的向前走！

成為一位作家，或人稱的兩性作家，像我這樣的一位女人，或許過的不是跟你們一樣的人生，即使我內心覺得我與一般平凡的女孩沒有兩樣。這一條路上，我所遇到的許多人都羨慕著我，但老實說，我也時常羨慕你們擁有我不容易得到的，平凡的幸福快樂。

這樣的路，這樣的工作，當我這樣的女人，事實上一點也不輕鬆啊！你要能學會面對許多人、面對許多考驗、面對別人的嫉妒、面對工作到夜深人靜不斷打字、總是趕時間在計程車上

吃飯糰、在高鐵上吃便當、在飛機上煩惱不能收e-mail，還有在鎂光燈下、在聽你演講的人面前、在討厭你、等著看你出糗的人面前、在那些對你有許多期許的人面前，扮演好女王的角色。

然後不斷告訴自己，我EQ很高、我不能生氣、我不能驕傲、我不能大牌、我不能不敬業、我不能辜負別人對我的期望。

做女王的這條路，或許不好走，在光鮮亮麗的背後有許多不為人知的辛酸，但是，我感激我擁有的一切，即使再累再沮喪，我都要努力的走下去。

五年來，或許孤獨，但是回頭想著以前，不論過去好壞，我都一直努力讓自己進步。二十五歲到三十歲，是改變我人生的最重要五年，現在的我，比五年前更快樂、更有自信，也更清楚自己的方向、要的是什麼。這是歲月帶給我最大的禮物。所以這是我很慶幸自己變老的原因。

女人應該活得越老，變得越好，時間是增加你的價值，而不是減損你的價值。

看著朋友們紛紛結婚生子，越來越少朋友有那麼多自由可以陪伴著我。或許，身為敗犬的我有時也難免孤單吧。但是想想自己所擁有的，我更應該知足了。這五年來，有人有了家庭、有人有了孩子，相較於我來說，我還是孑然一身，沒有改變。

但我卻很慶幸選擇了這樣的人生，因為這樣，我才有了這個實現夢想的機會，回首這五年，我更清楚了自己的人生方向、我該怎麼努力、怎麼走下去，相信未來我不會做任何五年後會讓我後悔的決定！

我從來沒有後悔過人生的每個選擇，因為不管是好還是壞，都一定讓我學習、成長，然後變成一位更好的人。沒有痛苦、沒有挫折的人生，是乏味的。

這五年走過來，我一直覺得，我現在的工作是上帝賦予我的任務，我能發揮自己的一點力量，讓別人擁有快樂與自信，這是何德何能。人家說我一輩子貴人無數，我笑著說，大概是因為我平常都在寫作幫助別人，我是大家的貴人，大家也是我的貴人。我珍惜我擁有的天賦與力量，上帝（雖然我沒信仰宗教）給我這樣的任務，讓我慢慢達成，我才能獲得我未來的幸福婚姻吧（笑）。畢竟我的人生從不是最輕鬆好命的那種女人，但是，我會努力靠自己的力量讓自己變得好命！

我人生中所該擁有的東西，快樂、幸福、金錢、成就……都該是我努力掙來的，那麼我才會覺得踏實與安全感。即使辛苦，我也甘之如飴。

回首過去五年來我的變化，改變我人生的這五年，我很感動，也很感激。我知道，過去五年我讓自己努力變得更好，未

來五年，我也要繼續努力。甚至未來的五十年，我都要一年過的比一年好。各位朋友，即使你現在過得不好，也不要自暴自棄、放棄自己，只要願意努力去成為一位更好的女人，五年後，你一定可以實現你的願望！人要不斷的進步，永遠努力而且不要對任何挫折認命。

感謝那些過去的愛情，我不留戀過去，也不怨恨批評，因為每一段感情，我們都學習成長。祝福他們都要幸福快樂、早點結婚（哈！），懂得放下與祝福，人生的道路會更寬廣。五年前，你會痛苦不已，五年後，你會慶幸自己當時離開的決定。

人生，就是要不斷的往前走。不要後悔、不要讓未來的你遺憾！

女人啊！一定要越活越好，越老越有自信，歲月給我們的最大禮物，就是智慧與愛。

感謝這五年來的一切，希望我五年後也會一樣樂觀快樂、努力向上，回頭看永遠不後悔自己所走過的人生！

有自信、有智慧，而且擁有愛與感激！

前言：改變我人生的這五年　　　　　　　　　　003

PART 1　自我：
當你自己快樂了，你才能吸引更多的幸福快樂
我曾經那麼沒有自信　　　　　　　　　　　013
感謝那些傷害我的人　　　　　　　　　　　019
改變別人，不如先改變自己　　　　　　　　025
我的成長過程：正面思考是我的人生哲學　　030

PART 2　愛情：
女人要好命，頭腦一定要清醒！
不愛了，就是最好的理由　　　　　　　　　043
比起正妹，男人喜歡的其實是聰明的女人　　049
所有痛苦的愛情都來自三個字：「不甘心」　056
你不是失敗者，你只是成功的離開了失敗的感情　061
什麼是好男人的條件？　　　　　　　　　　066

PART 3　關係：
幸福沒有想像中的難
「嫁得掉」的迷思，害了多少女人？　　　　073
吵架一定要先道歉　　　　　　　　　　　　078
睜一隻眼閉一隻眼，才會幸福？　　　　　　082
好男人是教出來的　　　　　　　　　　　　087
犀利人妻＆犀利小三　　　　　　　　　　　090

PART 4命運：
個性決定命運，好不好命都是你的決定！
台灣女人，你接受這樣的命運嗎？　　　　　095
得不到的，就好好欣賞它！　　　　　　　　100

學會放手，才能得到更多　　　　　　　　　106

夢想和愛情的兩難　　　　　　　　　　　109

PART 5　社交：

擁有「貴人運」的人，因為她也是別人的貴人！

貴人與小人　　　　　　　　　　　　　117

不和負面的人做朋友　　　　　　　　　122

真心祝福別人的成功　　　　　　　　　129

會說話的女人受歡迎　　　　　　　　　135

PART 6　金錢：

女人如果把談戀愛的心思和時間花在工作上，
或許你現在的存款就是兩倍了吧！

別把你的女兒嫁給錢　　　　　　　　　147

不要跟小開交往的十大理由　　　　　　154

養成有錢女人的體質　　　　　　　　　173

別為愛情人財兩失　　　　　　　　　　179

你是名牌的主人，還是奴隸？　　　　　184

PART 7　美麗：

愛美，是一種禮貌，
把衣服穿得好看，是一種才華！

他愛你的美，也愛你的醜　　　　　　　189

理直氣壯愛漂亮　　　　　　　　　　　192

聰明與漂亮，你選哪一樣？　　　　　　198

不爆乳，你才能遇到好男人！　　　　　204

後記：我愛你，但是我更愛我自己　　　209

PART 1　自我：

當你自己快樂了，你才能吸引更多的幸福快樂

我曾經那麼沒有自信

在寫這本書之前，我默默的度過了很不快樂的半年。我沒有在Blog上寫過，也沒有四處跟人抱怨過，但是我面臨了人生中很大的難題與傷痛，我失去了很多很多東西，不管是愛情還是友誼。

　　成為女王這個角色，從事著檯面上的工作和面對人群，強顏歡笑似乎已成為我的習慣，習慣敬業的面對每一份工作的我，強迫自己不能幼稚的失態、不能因為心情不好而影響別人、不能任性的因為私事影響工作。

　　我也早習慣，在別人面前當一個稱職的「女王」（或許在別人眼裡是個專家、名人、公眾人物），明明自己前一晚還在面對失戀和吵架的痛苦哭腫了眼睛，隔天演講中回答讀者感情問題，還要打趣說我要如何經營感情、如何維持幸福的戀情。因為我並不是大家想像的成功，慢慢的，我開始否定我自己，看起來快樂的我，事實上並不是那樣的快樂著。

　　許多人覺得我是一個很有自信的女生，事實上，成為一個自信的女人，並不是那麼容易的事情，我並不是生來就完美，或人生經歷很順遂，我也曾遇過很多人、很多事，不斷的考驗著

我的自信心。

其實最令我難過的是，考驗著你的自信心的人，通常都是你最愛的人。我曾經是那麼的沒有自信，因爲我愛的人覺得我不夠高、不夠瘦，不喜歡我的工作，我曾經以爲我要努力成爲對方喜歡的樣子，我曾經以爲我要爲他放棄我的興趣、我的夢想，當我犧牲了多少，這才代表我足夠愛他。

當我們愛上一個人的時候，很容易失去了自信心。很容易怕自己哪裡不夠好，很容易因爲一段感情的不穩定、沒有安全感，而不斷的否定自己的價值。

我也曾很沒自信的在這一段時間，百年結婚潮時，很害怕每次去參加喜宴時遇到別人關愛的眼神，雖然我已經堅強到不會被別人影響我的觀念想法，但是仍然會懷疑自己是不是哪裡不夠好，否則，爲何別人可以輕易的找到願意攜手一生的伴侶，而我卻有行無市。是我條件差嗎？那一刻，突然有幾秒鐘的時間，沒自信了起來。（當然，只有那幾秒鐘的時間。）

我也曾很沒自信的，害怕自己是不是真的夠好，可以獲得這麼多人的支持和喜愛，我每一天都好緊張、壓力好大，我好怕自己做的沒有他們想像中的好。每當他們說著多喜歡我的作品時，我有時會害怕，我的作品是不是不夠好。會不會沒有人想

看我的文章？

　　每當別人稱讚我漂亮、稱讚我的外表，我有時會訝異自己根本不是個美女。我長得矮，我又不瘦，我從小就不覺得自己是屬於美女的那一掛。我現在變得比較漂亮了，那是因為我開始學會欣賞我自己了。但我還是有時會沒有自信，害怕我愛的人，會愛上比我漂亮的女人。

　　我很怕別人稱呼我為兩性專家，他們以為我很聰明、很厲害，很無所不能，事實上我談了戀愛也是一樣愚笨，遇到問題也是緊張得發抖。我沒有自信成為一個專家，因為專家必須談戀愛很厲害、婚姻美滿，但是我談戀愛不厲害，連老公在哪裡都看不到。

　　在過去的戀愛裡，我曾是個沒有自信的女孩，我曾低著頭看著自己的障礙，我曾害怕自己不夠好，我曾否定自己的價值，我曾差一點放棄自己的夢想。但是，這樣用沒自信的方法去愛一個人，結果通常不會是好事。因為他們當初愛的就是那有自信、有光芒，閃耀著快樂的我，而為什麼，我要變得對自己沒有信心？

　　過去這半年來，我沉寂了一段時間，面對許多的失去和批判，我感到無限的恐慌。我依然在外扮演著我的角色，當個女

王，但是，我有好一段時間笑起來不開心、不斷的懷疑自己的價值，不知道自己要走的方向，我失去了心靈的依靠，於是，我試著做了很多事。

我去拜拜，我參加教會的活動，我接觸了很多不一樣的東西，我以為我可以從中找到我的自信、我的快樂，我以為我可以相信我的朋友，對我的敵人展現真心，我就可以得到我要的支持和依靠。這一段時間，我好惶恐的想要找到照亮我人生的方法，好想要找到曾經那麼自信的自己，但是我不斷的跌倒。

後來我發現，**讓我沒有自信的從來不是別人，而是我自己，我用著別人手中的刀不斷的刺傷我自己。我放大了那些傷痕，卻沒想到，不讓傷口癒合的根本就是我自己。**

當外面的世界陽光普照，我卻站在洞穴裡，低頭看著我腳上的石頭。原來，最大的原因是我低著頭，而沒有抬起頭來看外面的世界。

我那些沒有自信的錯覺，並不是我不夠好，而是忘記了我原本的好。一直把別人的否定和傷害，當作衡量我自己價值的方法。是他們不夠愛我，不是我不夠愛他們。

當我為了這樣的困境和情緒停滯了半年後，我發現，我把值得快樂的人生浪費在太多不快樂的事物上。抬頭看天空，有

多少的星星在閃耀，世界這麼大，我們卻把自己困在這個小地方、這個小洞，哪裡也走不出去，是不是愚蠢至極？每次出國，發現世界有這麼多美好的地方，我們卻把自己的世界縮的那麼小，我們可以去的地方有這麼多，卻讓自己一直停留在同一個坑洞，是不是很可笑？

那些看起來很難，做起來卻發現很容易的事。其實往往就是在一念之間，你願意前進了，你的人生就會不斷的往前邁進，你不動了，你的人生只能一直停在這裡。而你後退了，卻也不能改變你的過去，只能不斷的困在走不出的迷宮。

我想起過去，想起這些日子以來，我也曾那麼沒有自信，也曾否定自己，想起來是那樣的好笑。原來我的人生不應該是用別人的眼光看自己，而是要用我自己的眼光來扮演我自己。我不應該害怕自己不夠好，而是相信自己可以更好。

我發現我要的不是心靈的慰藉，也不是求助於任何力量，而是，我自己是不是肯定我自己，我是不是給了我自己力量。

原來，我需要的不是愛情，而是一個真正愛上我這一個人、真正自我的人。否則，我只會越愛越沒安全感，越愛越否定自己，越愛越失去光芒。

我發現，我找到了我的自信，不是因為來自誰給我的肯定。

而是，我終於找到了肯定自己的方式。就是，不要委屈自己再去獲得別人的肯定。別人給的，是虛榮的快樂，自己給的，才是真實的肯定。

感謝那些曾經讓我失去自信的過去和沒有信心的經歷，才讓我發現，只有我自己才能幫我自己。我不需要努力尋找一個對我笑的人，我才能笑，而是我要先笑了，我的世界才會跟著笑。我不需要為了愛而去尋找愛，而是我自己有愛了，我就能得到我想要的愛。

改變人生，沒有什麼了不起的，不過就是一念之間。
抬起頭來，你擁有的是一片天空。

感謝那些傷害我的人

回過頭來看，或許他們根本沒有傷害我，而是我讓這段感情受傷了，我們讓彼此不斷受傷，卻以為這是淒美浪漫難分難捨的愛情。

在我們人生的成長過程中，難免有人會想要傷害我們，過了這麼多年來回頭看，我卻有不同的體會，其實，我應該感謝他們當時的傷害，才能讓我現在過得這麼快樂。

曾經我寫過被以前的男友劈腿，那時候的我，覺得這簡直是不可能會出現在我人生的劇情，以為這是人生中多麼大的挫折，但現在看起來，那時的傷痛根本微不足道。其實我很感謝他當時和別人在一起了，並讓我死心的看到他與別的女生在床上的那一幕。因為這樣，我才能決心離開他，死了這一條心。

我們就這樣分手，分手的時候，我只有在當天哭了一整天，隔天到現在，我再也沒為他掉過一滴眼淚。

我其實一直對他很抱歉，當時的我或許根本沒那麼愛他，只是我不能接受他劈腿的事實，我難過並不是因為他不愛我，而是他怎麼能夠對不起我。所以早該離開的人應該是我，只是他做了那個殘酷的決定而已。

我謝謝他讓我變成一位更堅強的女人，經過了這件事，我才知道原來我比想像中的堅強。在分手的那一天，我從他家走出來，直接走到馬路中間，想要等一台車子撞死我的時候，我突然想到了：「我媽把我生得這麼正，為什麼要被他糟蹋？」於是我走回人行道，然後，堅信自己可以走更好的人生。不該這樣因為傷害我的人而去傷害我自己。

　　當年的我想的是我不應該被人糟蹋，但是現在的我想的不同了，很多時候其實糟蹋我們的是自己，如果一段關係讓自己不快樂還在死守著不放，那不是別人的錯，而是你自己的錯。所以現在想來，我也不覺得是他的錯。只是當年的我們，都還不夠成熟，**那些看起來轟轟烈烈的愛情，不過就是人生中的一個成長經驗，讓我們學習怎麼去愛人和被愛，然後我們畢業了，拿到了證書，就要往下一步邁進。**

　　我人生中真正在一起、愛過的人不多，因為每一段都很長。在被劈腿之後，我埋首寫作，寫了很多很多故事。後來我又愛上了一個人，那時我正面臨出書的人生抉擇。那時候我還只是一個上班族，因為喜愛寫作的我在網路上已經擁有了不少讀者，有出版社找我出書，我很興奮的跑去告訴了我當時的男友，說這是我一直以來內心裡的夢想，我終於有機會實現了。

但是他卻無法眞心替我開心，他說我太受歡迎了，他不想當女王的男朋友，他只希望我過著平平凡凡的生活，嫁給他，當他的小女人就好。

當時的我不能理解，爲何他不能爲我的夢想實現而開心，他應該很欣賞我，卻爲什麼不能替我開心、爲我覺得驕傲，而是覺得我的好變成了他的壓力，我越成功就會離他越遠？

我不是大女人，我的心願也就是嫁給一個男人，能夠好好的當他的小女人，擁有幸福的家庭。但是，擁有幸福和家庭的同時，我就必須失去了我的夢想嗎？爲什麼我不能實現我的夢想，然後也能當他身邊的小女人，爲什麼男人可以同時選擇事業和家庭，女人就必須二選一？女人也可以做得到不是嗎？

我曾經想要保有愛情，讓對方開心，而讓自己失去了這個機會。但是，我怎麼想都覺得這絕對不是正確的事情。如果他愛我，他應該要支持我，就像我愛一個人，我也絕對會百分之百的支持他，當他的後盾。於是我做了讓自己不會後悔的決定，我還是努力的往我的夢想前進。

我知道他是開心我的成就的，他是欣賞我的，但是每當他恭喜我又往前邁進時，我就知道他會離我越遠。我努力的追逐著他、追逐著我的夢想，我跑得好累，最後總是在不能理解的爭吵中逐漸削弱彼此的感情。

我曾想過，如果當年的我不出書了，追隨著他離開了台灣，當一個好老婆、好媽媽，人生完全不一樣了，那樣的我會比較幸福快樂嗎？很難講，人生中的任何一個決定都影響了未來的發展，一個念頭、一個抉擇，就讓我們走向完全不一樣的道路。

　　你問我會不會後悔曾經做過的決定，我說我不會。因為我要相信不管我做什麼決定都是對的。然後才能讓自己在對的那一條路義無反顧的往前走。

　　我感謝他放手讓我去實現夢想，我知道他很愛我，但是他的愛讓我無法呼吸。愛情是盲目的，但我無法因為愛一個人而蒙住自己的雙眼。我知道我要走的路，不是別人幫我決定的。我即使有多愛他，但是我還是選擇了我自己要的路，我努力的想要為他放棄我自己，但是每一次，我都知道這不是對的。

　　後來我才體悟，如果在愛情裡，你要面臨的抉擇是讓你有猶豫、有懷疑的，那一定不是正確的決定。就算我們再怎麼樣說服自己，那也絕對不是正確的決定。

　　我一直很感謝我所遇到的人，就算分手分得不開心，其實他們都是對我很好的人。我沒有遇過真正的壞男人，沒有跟不好的男生交往過，這應該是我人生最大的慶幸。

我曾經很難過的想，為什麼我總是以為愛上了一個人可以好好的相愛到最後，但總是會出現一些事情讓我跌倒受傷？我曾經很羨慕那些愛情超順利，一戀愛就可以結婚的好運女。但是換個角度想，我若沒有經過這些，或許我也不會像現在這樣擁有堅強的內在，以及更了解自己想要的是什麼。好不好命往往在自己的一念間，別人的好，不見得是我們要的，每個人本該經歷的人生就不同，根本沒有什麼好比較的。

　　那一些在當時看起來是傷害我的人，其實到最後都是帶給我最大的助力和幫助。回過頭來看，或許他們根本沒有傷害我，而是我讓這段感情受傷了，我們讓彼此不斷受傷，卻以為這是淒美浪漫難分難捨的愛情。

　　失去，不一定是不好。離開，不一定是失去。我不再害怕失去與離開，因為我知道，有時候我得到的會更多。

　　以前的那些難過與傷痛，現在看起來不過是像被蚊子叮了一口的感覺。我也學習到，不夠快樂的我，是不可能擁有一段快樂的關係。我以為找到一個人可以帶給自己幸福，但是發現，如果我自己否定自己、討厭自己，那麼，不管我跟誰在一起都不會幸福。

　　感謝那些曾經對我好，又離開我的人，我的人生因為認識你

們而豐富，因爲失去你們而美好。那些年，我們一起經歷過的
故事，現在是我最美好的記憶。

　　謝謝你們。

　　（PS.最近知道某一位前男友結婚了，恭喜他！）

改變別人，不如先改變自己

改變自己，你才會拿回人生的主導權。
想要改變別人，你只是一個把人生成敗交付給別人的賭客。

常接到許多人問我感情問題，總是會有一句：「爲什麼他會
這樣？」「爲什麼我這麼愛他，他還是會⋯⋯？」很多個「爲
什麼」，讓人不知怎麼回答，你問我，我也很想問爲什麼。但
是，「爲什麼」就一定有答案嗎？

*　　*　　*

有次參加座談會時，看到網路統計出現代人感情中最常遇
到的問題，其中有好幾個問題是：「對方常會與異性搞曖昧」
「當對方愛上了小三怎麼辦」「感情不忠、劈腿」「總是愛不
對人」「覺得世界上沒有好男（女）人」⋯⋯

我看了看，突然覺得以上幾點的問題都是一樣，這些問題簡
單來說，就是「你選擇錯誤」。

當你選擇錯誤後，又不斷的抱怨對方爲何不改變、爲何不

愛你、為何不珍惜、為何要搞曖昧要劈腿⋯⋯是沒有意義的，因為你選擇了錯誤的對象，對方就是這樣的人，為何要苦惱他不能改變？為何要問這麼多「為什麼」？而他本來就是這樣的人，這是你選擇錯誤，不是他的問題。

　　那麼何不反過來想，如果你去選擇一個不會傷害你、讓你失望的對象，你就不用去問這麼多個「為什麼」，選錯了對象，又不斷的想要把他變成「對」的對象，改變不了就怨天尤人：「為什麼我做了這麼多，為什麼我這麼愛他，他這樣對我？」但你卻沒想過，或許是你自己的問題。

　　舉例來說，如果狗改不了吃屎，你卻每天餵他吃飼料、吃美食、吃營養保健食品，吃了半天你覺得你家的狗改變了、變成個人了，但有天發現，他還是比較喜歡吃屎。於是你大怒：「人活得好好的為什麼要吃屎？」「我給你吃了這麼多美食，為何你要吃屎？」

　　狗很無辜。事實上，他本來就愛吃屎的，是你自己硬要改變他。那麼，你為何要去找條狗來改造成為你要的人，而不直接找個不會吃屎的人就好了呢？（這只是比喻，並沒有批評小動物的意思。）

　　所以，當你不斷的付出，不斷的想把對方改造成你夢想中的

另一半，擁有期望的感情模式，最後失敗了，你怨恨自己付出沒有收穫、真心被狗咬。但是你一開始就知道這是個高風險的投資，誰說你只要付出了就穩賺不賠？

我曾經也當過想要改變對方的人，後來我發現，對方只是一時的遷就、配合，很多人願意為了愛而犧牲一下、委屈一下、假裝一下，但這並不是他真正的心意。

我也曾為了戀愛假裝自己食量不大、文靜不多話、凡事聽對方的話、假裝是瘦子、假裝是個稱職的花瓶，但是，我發現這不是真正的我，我願意為愛情改變，並不能代表我會假裝變成另一個人。

許多人問：「人到底會不會改變？」我認為還是會。但是這樣的改變並不是被別人所要求的，而是自己發自內心的想改變、成長，經過人生歷練而自我的改變。而不是今天別人要你不吃辣，你就可以馬上假裝你真的不愛吃辣。你叫對方不准跟前女友聯絡，他就真的把前女友電話刪掉、設成拒接。

這是不可能的！

就像電視劇《犀利人妻》，人妻為了要把老公追回來，努力的改變自己，但是到最後她發現自己在這過程中早已成長、改變了，當她不再為了追回老公努力的假裝成另一個人，而是成為一個全新而有自信的自己。她把自己打理得更好、更聰明、

更有自信，她改變了自己，她也不再需要去改變她的前夫。

　　因為，改變自己，你才能夠得到你真正需要的自信、智慧和眼界，不斷的想改變別人，其實自己在這過程中一點也不快樂。當你自己的心態改變了，你才會發現自己真正需要的是什麼，或許早已不是那個過去你以為沒他不能的生活，而是你可以真正的為了自己而活。

　　改變別人，改變不了會讓你失望難過，會讓你恨鐵不成鋼、會讓你得失心太重。那樣的改變，連自己的人生也拖累。

　　改變自己，你才會拿回人生的主導權。改變別人，你只是一個把人生成敗交付給別人的賭客。

　　如果他很珍惜、他有良心、他懂得你的用心、他不會吃屎，那是好事。如果不是呢？難道你要跟他一起吃屎嗎？還是一起活在屎堆裡？

　　當你在想「為什麼他不會改？」「為什麼我做了這麼多，他還是這樣？」「為什麼我這麼愛他，他卻這樣？」「為什麼我這麼倒楣？」「為什麼我會一直遇到爛人？」「為什麼他對我這樣？」……

　　當你在想很多個「為什麼」的時候，請換個角度想：「為什麼你會愛上這種人？」

對方有錯，但是這是你自己的選擇。你可以不要愛他啊？爲何你偏要愛？你要好好思考，爲何你會選擇他，這才是你的盲點！

如果選擇錯了，就不要努力把答案改成對的。何不，就去找個對的選項？

很多人終其一生都在錯的選擇裡將錯就錯、自我欺騙、不願改變，花了一生希望把它改成對。

不要再問爲什麼、爲什麼、爲什麼……，很簡單，因爲你選錯了。多年後你回頭想，你反而會笑自己：「爲什麼我當年那麼傻？」

不要再問爲什麼，不如去找一個讓你覺得「爲什麼我會那麼幸福」的人吧！這一個「爲什麼」還比較有意義。

努力改變別人，不如先改變自己。

我的成長過程：
正面思考是我的人生哲學

正面思考一直是我的人生觀，不管是身處在逆境中，還是遇到了不開心的事情，我會一直鼓勵自己，一定要抬頭看著陽光，而不要低頭看著黑暗。

　　如果說我的個性有什麼奇特的地方，大概就是我是一個非常「正面思考」的人，許多人常問我的問題，就是為何我總是可以笑嘻嘻的面對生活中發生的種種挑戰和難題，以及為何我總是看起來很有自信很有活力的樣子，還有，為何我的個性很獨立、很有自己的想法。

　　但老實說，我並不覺得自己很厲害或是很不一樣，我只是有一些性格上的特性可能比較奇特。從小到大，我一直是個很另類的女生，小時候我就很喜歡跟男生比賽，像是騎腳踏車，男生總是嗆聲笑我們女生騎得比較慢，我就會拚了命的跟他比賽，努力騎得比他快。小學的時候，最喜歡跟那些喜歡欺負女生的男生比賽，管他什麼都可以比，比賽誰寫字比較快、誰考試比較高分。打架的時候我雖然打不贏男生，但是我很聰明的

知道要先踢中男生的「要害」。男生笑我腿短跑步慢，我就會努力撐下去讓自己八百公尺可以跑到全班第一名。男生欺負我的時候，我不會哭，我只會努力的攻擊他，讓他知道女生不是弱者。

這麼Man的個性，我一直到長大也想不透，為何我跟一般的女生不一樣。如果真的要追究原因，大概是因為我在家中排行是老大，在家族裡又是長孫，從小到大這一輩最大的就是我，沒有哥哥姊姊可以依靠和學習。因為我聰明、功課好，我一直知道長輩很希望我是個男孩。也是因為我不滿這樣重男輕女的社會，我總是要表現得比男生好，我很不滿，為什麼我不是兒子，難道女兒就比不上兒子嗎？

長大後想想，其實影響一個人的人格個性最大的因素就是「家庭」，每個人的性格、觀念，甚至愛情觀、家庭觀，都是來自於原生家庭的影響。

我的父母，是一對很棒的父母，我有很多現在很好的觀念和想法都是來自於他們潛移默化的影響。我的父母在我童年的時候非常忙碌，爸爸白手起家創業，媽媽幫助爸爸的事業，兩人從零做起，我們家裡不是有錢有勢或什麼了不起的家庭，但我就是很欣賞我父母的骨氣和努力，雖然他們有時候因為太忙了

而沒有時間陪我，我也從來不會吵不會鬧，或許早熟的我也感受到他們辛苦工作的壓力吧。

因為父母的忙碌，我從小到大就是個「鑰匙兒童」，聯絡簿都是我自己簽名，功課自己寫，爸媽對於我的課業沒有時間和心力去關心，但很奇妙的就是，我卻對自己的課業很有責任感，也或許覺得認真考試得到好成績，可以獲得爸媽的讚美和關心吧。從小我很羨慕那些同學有著爸媽的關心，他們的爸媽會接他們下課、回到家有飯吃，甚至爸媽還會幫他們做功課、做勞作。而我從小就覺得一切都是要「靠自己」，因為我沒有爸媽可以靠。

有些好心的同學爸媽會請我到他們家一起寫功課、一起吃飯，我還記得印象很深刻的是，放學喝到一碗同學媽媽泡給我的熱牛奶，覺得好感動、好羨慕。有的同學會笑我為什麼要當鑰匙兒童，我很生氣、也很難過。有的同學會炫耀爸媽幫他們做的勞作很漂亮，我也好生氣，因為當時還小的我知道，我做的不會比他們爸媽做的好。但是我並不看扁自己，我相信只要我努力、能力更好，我一定會超越他們父母做出來的成果。於是，接下來的我，真的可以靠我自己贏得名次，美術比賽總是得名，開發了我自己的興趣和才能。每一次參加比賽總是得到獎，然後，我再也不怕同學的父母可以做得比我更好了。

還記得小時候的畢業紀念冊，寫到我的個性時，我總是會寫上「好勝」兩個字。不服輸的性格，除了什麼都不想輸給男生，也不想輸給想要欺負我、笑我的人。

　　因為是鑰匙兒童，從小個性就一定要很獨立，自己回家、自己吃飯、自己寫功課。因為成長背景的不同，所以我也比一般的女孩獨立，像是我很不怕「一個人」去做事，我想上廁所就會去上，不會想要找其他女生朋友陪我，想做什麼事就自己找方法，因為沒有人會幫我，所以我更要獨立。

　　我是一個很早熟的小孩，因為家裡經營生意的關係，總是可以在社交場合見到許多不同的大人和他們發生的事。年紀小小的我就學會面對成人世界的許多複雜的關係和商場上的險惡。那個時候，我就知道哪一位叔叔身邊的女人是小三，我一邊觀察著他們，也一邊疑惑著這個社會上發生的那些稀奇古怪的事情。

　　小時候我就很喜歡閱讀，因為常要學習一個人讀書、做功課，所以我也花了很多時間大量的閱讀。還記得小時候許多女孩喜歡看的是少女漫畫和浪漫言情小說，但是我偏不愛，我愛看的反而是怪盜亞森羅蘋、福爾摩斯之類的偵探小說，一邊思考著那些詭異天才的破案方法，也一邊佩服著故事裡面的高明

犯罪。

除了這一類的書，古怪的我還喜歡看「古文」，舉凡詩詞、古文觀止、詩經、紅樓夢……等，各種古文的書我都很喜歡看，喜歡研究古代詩詞那些美麗的字句和詞藻，這大概也是我後來喜歡寫作和作文都會拿高分的原因吧。

大概到了國中，我發現我很喜歡寫作，因為喜歡閱讀古文，加上覺得自己的字寫得很漂亮，國語文比賽我就去參加了作文比賽，發現自己喜歡作文就好像發現了新大陸一樣，我發現我可以一直寫一直寫，寫不停，每一本週記都寫得漂漂亮亮還配上美麗的插畫，作文可以寫上好幾張稿子，永遠不嫌累。於是我從國中開始，每一次的作文比賽都拿第一名，我從各種比賽的獎狀中得到了信心，我發現我只要努力，就可以得到好的成績。

我其實在成長的過程中，一直都很羨慕那些爸媽保護的很好、有哥哥姊姊可以照顧的同學，也羨慕那些從小家境很好（因為我念的是明星學校），總是有人罩的同學，或是那些腿長又漂亮的校園美女。

我也曾有點難過、有點沒自信，但是，不知為何我的內心總有一股不服輸的精神，我從不會因為覺得自己不夠好就否定自己，因為我相信只要我努力去做，我也可以跟別人一樣好，甚

至比別人更好。

說到了許多自己的童年，感到非常的害羞。其實我是一個很叛逆、很敢衝的女孩，喜歡去做別人認為不可能、不看好的事。因為從小自己獨立慣了，我成為了一個很有自己想法、有主見的人，我相信我可以自己決定我想做的任何事情。我這樣個性的人，不是極好就是極壞，變壞了就可能是流氓太妹。

在小學和國中當了好多年的好學生後，上了高中果然我就變得非常叛逆，因為聯考沒有考好，上了高中後又厭惡升學主義掛帥的教育方式，於是我變得不愛念書，交了男朋友，處處跟教官和老師作對，當然也沒有到變成壞學生或流氓的地步，只是變得不喜歡念書了。不過唯一的興趣還是寫作，雖然我在班上功課是吊車尾，但是作文比賽還是可以拿第一名。同學看了也覺得我這人實在太詭異。

因為高中時候談戀愛處處被教官找麻煩，當時很高調的我寫了一篇文情並茂的情書，投稿到校刊。沒想到因為寫得太好所以被登了出來。一時間大家都知道了那是我寫給男友的情書登上校刊，當時還真是走路有風，得意不已啊！

好不容易拚了一年的書考上大學（輔仁大學應用美術系），當時聯考要填志願的我，也非常的有主見，我不喜歡數學，所

以舉凡跟數學有關的科系、商學院我全部都沒有填，我不喜歡背書，所以文學院我也沒有填。唯一能填的系所不多，最後上了應美系，我也好開心，因為美術就是我從小以來的興趣。

很不幸的，上了大學後，我才發現我未來想要走的路不是這一條，所以課業成績不佳也是必然的狀況，每個學期都在All Pass中驚險度過。雖然我的課業不佳，但一定有我喜歡學習的東西，對許多事情都充滿了好奇心的我，選修了許多外系的課。在這過程中，我發掘了自己的興趣，原來在傳播相關科系。

於是在大四時，大家都在思考著自己的未來發展，開始有點人心惶惶的時候，我毅然決然的跑去補習班報名了要考政大廣告所。你沒聽錯，我不是要考研究所，我是要考「政大廣告所」，對我來說，這才是我最想進去的地方，其他的我都不考慮。對一個才剛報名就自以為可以考上政大廣告所的人，許多人或許會大笑說我異想天開吧，一個大學成績總是吊車尾的人怎麼可能會考上好的研究所？

這時候我個性的「不服輸」精神又來了，我去報名的時候，劃位就劃在第一排正中央，就坐在老師前面，逼自己每一堂課都不遲到不早退，很認真的補習、下課去圖書館念書，所有人都覺得我在執行不可能的任務（當然我也知道大家笑在心裡

吧），我父母在家也叫我看電視不要念書。但是，當別人都覺得我做不到的時候，我就一定要做到！

我一直覺得當你想要認真做一件事情的時候，你的眼裡只有成功的時候，你的意志力會讓所有的人成為你的貴人，也會吸引到所有好的事物、所有人的幫助。我相信「心想事成」這一件事，每當我燃起熊熊烈火去做一件事情的時候，我都會達到成功。那是因為我的信念，讓我樂於努力，甘於付出，這樣的能量可以讓我完成許多不可能的任務。

當然，我考上了政大廣告所。

很多人訝異，很多人問我。其實我只有一個答案，就是當我決定要考政大廣告所的時候，我就覺得我已經是政大廣告所的學生了。我沒有其他選擇，我在補習、在念書的時候，我就覺得我已經考上了這個學校。這一點也不是臭屁，是我相信我做得到。當我在面試的時候，我就覺得眼前那一排就會是我未來的老師。

回想起來人生中經歷過的許多挑戰和考驗，像是考試、像是出書，又或許是失戀，如果有人要問我為何有自信、為何可以成功，我只能說，我自己的想法是「我從不覺得自己是失敗的」，不是自視甚高，而是我真心的相信我可以做得到。

不管遇到多少的挫折和磨難，寫作時總是在網路上遭遇一些莫名的批評和攻擊，或在生活中因為成名而被莫須有的流言困擾，我也從來不會放棄或否定自己。因為我相信，我不應該屬於陰暗的、或否定的那一面，我應該是屬於正向的、光明的那一面。既然我站在檯面上了，我就不該做檯面下的事。

所以我從不暗地批評或攻擊別人，因為，這不是一個站在光明面的人會做的事。

正面思考一直是我的人生觀，不管是身處在逆境中，還是遇到了不開心的事情，我會一直鼓勵自己，一定要抬頭看著陽光，而不要低頭看著黑暗。有時候也難免覺得我自己的個性是不是太樂觀了，明明遇到對我不友善或攻擊我的人，我還有辦法對他微笑、不去討厭他。

但是我覺得，去討厭一個人，那多麼的浪費自己的時間和精神，那麼，為何要去討厭一個人呢？我也不會因為別人討厭我，我就要討厭他，因為討厭一個人會讓我不開心，如果人生很短暫，一天也不過二十四小時，要多花一分鐘去討厭一個人只會讓自己的人生更不美好、不開心，那麼，我寧可忘掉他、忽略他。因為，我的人生應該要把時間花在美好的、快樂的事物上，不是嗎？

我有個不知道是優點還是缺點的特性，就是我很不喜歡抱

怨。這也是一樣，因為抱怨很浪費時間，而且會破壞別人的心情，更不一定能解決問題。我是一個非常務實的人，凡事只要是沒有意義、沒有好處、損人不利己的，我都不想浪費時間去做。我更害怕太常抱怨會讓我看起來很顧人怨，會讓朋友煩惱，會讓自己一直處於負面情緒中，所以，能不抱怨，我絕對不會抱怨。

很多事情都要衡量「值不值得」，如果一段感情、一個人讓你覺得你不值得去難過、去傷害自己，那絕對不要浪費你的生命在一個「不值得」的人事物身上。

回首我一直走來的人生，如果要說我個性有什麼優點，就是我的意志力、抗壓性很強，我的臉皮夠厚、身段夠低，所以不管遇到什麼事情，我都能笑笑的面對。天底下沒什麼大不了的事，也沒有失去什麼就不能活、失敗了就很丟臉的事，不管遇到任何事，都當作老天給你的考驗，當你勇敢的面對了，你會發現，未來的路會變得更寬廣。永遠相信前方的路是充滿陽光的，你就會往陽光的那一條路走去。

個性決定命運，是再簡單不過的道理。

當然，沒有完全好或完全不好的個性，就像喜歡正面思考的我也會踢到鐵板，不小心太過樂觀、或太相信別人，但是，保

持心裡的勇氣和善念，好好的對待自己，對待別人，當你微笑的看世界的時候，大家也會對你回報以微笑。

曾有人問過我，人生中有沒有什麼後悔過的事情，我想了想，說沒有。因為即使是不開心或失敗的事情，都不是不好的事，因為若沒有這些挫折，我現在不會是這個樣子，我也不會擁有現在的生活。我沒有後悔過我的過去，因為那些錯誤和失敗可以成為我的警戒，挫折可以成為我的考驗，沒有那樣曾經發抖難過脆弱無助過的我，就不會有現在勇敢快樂又堅強的我。

我一直很感謝我的人生處處充滿了支持我的人，而就算不支持我的人，也幫了我許多。正面的看待我的人生，帶給別人更多正面的想法，讓我們的磁場、世界都充滿了正面的能量，我們都會擁有更快樂、更自信的人生。

當你難過時、挫折時，請記得對著鏡子給自己一個微笑。親愛的，你都忘了你快樂時，笑起來是如此的可愛，有什麼事情可以讓你失去快樂的權利？

堅定自己的意志並不容易，那麼就開始讓自己擁有一顆正面思考的心情吧，在你眼中的世界會更美好，因為你先付出了美好。

我會一直正面、積極、樂觀的看待這個美好的世界。

PART 2　愛情：

女人要好命，頭腦一定要清醒！

不愛了，就是最好的理由

分手不過就是離開一個「不愛你的人」，沒什麼好可惜的。
你要感謝他不夠愛你，你才學會怎麼愛自己。

　　跟朋友聊天，她很痛苦，因為最近剛分手，對方居然不把分手的理由說清楚就避不見面。我問：「你真的很想知道分手的理由嗎？」

　　有時候，知道真相不一定比較好，你情願他告訴你「個性不合」「我配不上你」這樣的分手理由，還是他告訴你「我愛上別人了」「我不愛你」這樣的分手理由。你要知道殘酷、令你心痛的真相，還是不想要知道比較好？

　　你想要看到抓姦在床的證據，還是不想要知道，即使他分手一週馬上交了新女友，你也不知道他有劈腿？

　　你想要知道他跟你在一起的時候，常常騙你，跟許多人搞曖昧、跟前女友糾纏、跟你朋友有一腿，還是寧可什麼都不知道，分手了還是可以大家當朋友？

　　你真的想聽到他說，因為你配不上他、因為你不夠好、其實別人比較好，還是寧願他說他配不上你、都是因為你太好？

你真的想要知道他早已有論及婚嫁的女友，他真的把別人肚子搞大，還是寧可接受他說他媽媽不喜歡你，他祖母託夢說不能娶你？

你真的想聽到他嫌你不夠漂亮、不夠有錢、帶出去不夠體面，或性生活不美滿，還是希望他說你是最好的，因為太愛你所以要放你走？

大部分的分手理由，都是善意的謊言。

大部分分手的事實，就是殘酷的真相。

你要選擇謊言，還是真相？

＊　＊　＊

我記得有次上一個節目討論最爛的分手理由，現場提供了很多令人聽了會很生氣又無言的理由，像是「我從沒有愛過你」「我媽不喜歡你」「算命的說我們八字不合」……等令人傻眼的分手理由。

有一次我在Facebook上問了大家最討厭的分手方式，許多人都說最討厭的就是人間蒸發、不接電話、不願面對。但是我問了，那麼什麼樣才是大家覺得最好的分手方法，反而很難得

到答案。

好聚好散真的是一門高超的藝術，也是很難達到的高標準。

說到真相與謊言，其實以前的我也堅持事事要求清楚明白，寧可要知道令人難過心痛的真相，也不願意當個縮頭烏龜、逃避裝傻。但是過了一些年後，改變了一些想法，觀察到很多人的婚姻和感情本來就充斥著謊言，不管是善意或惡意，很少有百分之百不會騙你的人（或是他告訴了你事實，但並不是全部的事實），但是那些人也是維持著看起來貌似幸福和諧的婚姻和愛情。

難道，你要拆穿他們任何一方，去破壞他們苦心經營的婚姻愛情嗎？

謊言有很多種，我們每個人每天都會說那麼一點點謊，譬如說欺騙老闆說你在工作、欺騙客戶說你沒遲到、欺騙女同事說她看起來真年輕、欺騙女友說她一點也不胖、欺騙男友說他真的很厲害、欺騙警察說你沒有喝酒、欺騙爸媽因為工作或念書不能回家⋯⋯但是兩人交往到底什麼樣的謊言不能說？

聽過有人很想跟男友分手，因為不喜歡他的家人，但又不好意思明講，只好用各種方法惹男友生氣、吵架，最後分手。但其實分手的理由只有他自己才知道。有的人自己劈腿了，又不

想要當壞人，只好找分手的理由藉口，譬如說對方對他不好、工作太忙之類，最後高明的甩了對方，過沒多久就突然有新女友。

有的人愛用「讓我冷靜一下」當作分手比較好聽的說法，事實上就是分手。這樣講只是比較不會傷人。

有的人愛講「我配不上你」，事實上這根本不構成分手的理由，如果你真的很好，他把握你都來不及了，爲何還要放棄你？難道有人會想跟很差又配不上自己的人交往嗎？

他說「你可以找到更好的」，那麼爲什麼他不能讓自己變得更好？他嫌你好，他說自己不夠好，其實只是一個比較好聽的分手理由，讓你覺得自己不是因爲太差所以他不要你。這是最好的安慰獎。

記得電影《他其實沒那麼喜歡你》裡面已有很多的解答，他不約你、他不接你電話、他不理你、他離開你，其實就是他沒那麼喜歡你。可是我們往往替對方找了很多藉口，「他可能太忙了」之類的理由，其實再忙的人只要想找你，連上大號都可以擠出時間打給你。只有不愛你的人才會用「我沒時間」當作藉口，愛你的，只要有心，處處都擠得出時間。甚至坐飛機還可以刷卡用衛星電話打給你！

如果他愛你，世界上沒有任何阻礙，如果他不愛你，處處都

是阻礙，事事都成問題。

記得很多次的兩性演講，我都會被問到一個問題：「遠距離愛情」，其實對我來說，兩個人的現實距離並不是最大的問題，問題是「心的距離」。只要兩顆心緊緊的貼在一起，根本不會有任何的距離。

為分手找各種藉口，為分手不斷的問理由……其實任何的原因都只有一個理由。就是不愛了、不夠愛了。

想要知道殘酷的真相，也要自己有承受真相的勇氣。或許，你會感謝他的仁慈，他給你台階下，他讓你安樂死。人生本來就不是事事美好，他要騙你早在在一起的時候就騙你了，而不會在分手才騙，只是你很幸運的不知道。我曾經看過很多事情，發現有時候不知道反而過的比較快樂。有時候發現一些事情，你會寧可進了棺材都不想要知道。

想要知道真相的，那麼就好好的面對，挨了那一刀，知道了痛，就要離開。而不是想盡辦法讓自己知道了真相，卻又想盡辦法當個自欺欺人的人。

我很喜歡一位網友的留言：「你要感謝他不愛你，他才能讓出空間給愛你的人。」

分手不過就是離開一個「不愛你的人」，沒什麼好可惜的。
你要感謝他不夠愛你，你才學會怎麼愛自己。

比起正妹，
男人喜歡的其實是聰明的女人

讓男人欣賞你的方法，不是努力成為男人喜歡的樣子，害怕自己不夠完美。而是努力的做你自己喜歡的樣子，坦然的欣賞自己的不完美。

　　常聽到男生跟我討論他們喜歡的女生，也常和男人一起談論對女人的觀察，漸漸的我發現了一件事情，就是，許多女人誤以為男人只愛漂亮、年輕的女人，以為面貌和身材很重要。事實上是大錯特錯，當男人真正要與一個女人認真交往，或男人認真的欣賞一個女人，最重要的特質是「聰明」。

　　怎麼說呢，當然男人都喜歡看美女，但是我常遇到很多情況是，我眼前的美女明明很正，卻聽到身旁的男性友人說自己不會被這樣的女人吸引。我很訝異的請問那些男生，得到的答案通常是：「她只是很亮眼，但不耐看！」「看起來沒什麼大腦的樣子！」「卸了妝應該差很多！」「她很正，但是不聰明，不知道要跟她聊什麼。」「感覺很做作，跟她在一起不自在。」「不要開口就是美女。」……等等，再仔細追問，原來其實男人不只是那麼膚淺的視覺性動物，他們會看漂亮的正

妹，但是會喜歡、會想交往的，其實個性、腦袋、品味和內在才是最重要的。

女人都以為男人喜歡笨一點的女人，事實上大錯特錯。除了某些男人喜歡欺騙愚笨的女人之外，男人其實對於不聰明的女人很感冒。

當然如果女人有時裝傻或裝笨是很可愛的一件事，但千萬不要是真的傻或真的笨。

我問男人，聰明的定義是什麼？他們所謂的聰明不見得是智商或學歷（當然這也有正相關，但不是絕對的相關），聰明是了解的、懂的事情多，聰明是有好品味，溝通能力佳，聊起天來不會沒話題，聰明是懂得看場合說話，會做人做事，不會做讓男人丟臉的事。聰明是了解男人在想什麼，讓男人覺得自己遇到的是知己、靈魂伴侶，而不是一個花瓶。聰明但不咄咄逼人，也不會自傲，這麼說來，聰明也是一種智慧。

我仔細想想我所認識那些聰明而漂亮的女生，我發現一個女人會受到男生的歡迎和喜愛，並不一定是最漂亮、身材最好的那一個，或許她會受歡迎，不過被那些色狼和變態歡迎也不是頂好的一件事。我所謂的受歡迎是指，能夠吸引到不錯的男生的欣賞和喜歡，她們除了聰明之外，還有自信和吸引人的個人

魅力。

自信和魅力並不一定是漂亮和身材好，許多女生迷信只有正妹才有魅力，事實上，沒有自信的正妹絕對比不上充滿自信光芒的平凡女生。

你怎麼看你自己，就會影響別人怎麼看你，如果你不喜歡自己了，別人又怎麼會喜歡你呢？

我常看到很多漂亮的女生總是用對自己很苛責的方式生活，她們常會否定自己，說自己胖（其實很瘦），說自己哪裡不夠好看，甚至影響到周邊的人的心情（沒有人喜歡聽她批評自己又胖了零點五公斤），或是仗著自己漂亮，就有公主病，不只對男人，也對女生有公主的態度。久而久之，她的美貌變成不耐看、不討人喜愛，這就是為什麼有些女生明明長得很漂亮，你卻怎麼樣也不喜歡她，或感覺她難相處、沒有氣質。相處久了，你就會覺得她不好看。

那麼女人的自信和魅力靠的不是美貌，而是什麼呢？我覺得是一個女人看待自己的態度，和對待自己的方式。

很多電視節目或書籍雜誌告訴你，女人要獲得男人的欣賞，要怎麼樣改進自己的外表，要成為什麼樣的完美女人，要會做哪一些事，要說哪些話，要成為那些男人的偶像、女神，所以

需要具備哪些條件，最好是成爲復刻版的「宅男女神」，成爲那些男人喜歡的樣子，才會吸引男人的目光。於是她們努力去追求那些共同的特質，而忽略了個人的特色。看著那些差不多的正妹，有時分不清楚誰是誰，只覺得誰長得像誰。

缺乏自信的女人總是想著自己有哪裡不夠好，想著要模仿，要走「不會出錯」的路線，要走「大家都說好」的標準，才能吸引人。其實錯了，當你越努力的成爲男人喜歡的那樣的女人，你越吸引的就不會是眞的喜歡你的男人。

讓男人欣賞你的方法，不是努力成爲男人喜歡的樣子，害怕自己不夠完美。而是努力的做你自己喜歡的樣子，坦然的欣賞自己的不完美。

男人欣賞（不只是男人欣賞，女人也欣賞）的是懂得欣賞自己，發揮自己長處和個人魅力的女人，而不是時時刻刻否定、批評自己，自怨自艾、唯唯諾諾，隨時覺得自己是不是哪裡不夠好、男人會不會喜歡自己的女生。誰是完美呢？根本沒有，與其追尋完美這一件事，不如好好的欣賞自己的優點、改進接受自己的缺點。每個人都有自己的個性和特色，如果僞裝自己成爲另一種人，過著連自己都不知道自己是誰的日子，何不好好「做自己」，總是會有人喜歡你現在這個樣子，不要害怕別人不喜歡你，不喜歡你的人也不會是你該喜歡的人。

很多女生會反問：「可是大部分的男生都喜歡那樣的女生啊？」可是，你要的對象只有一個，不是「大部分的男生」，就像我自己覺得，我一定不適合大眾市場，我一定是小眾市場，所以我可以很明確的知道我喜歡的、喜歡我的該是什麼類型的男生，而不是撒網捕魚、大海撈針。至於那些不是你的菜，他們對你沒興趣，你也不想吃他。那不是很好嗎？何必為了那些對你的人生來說一點也不重要，不是你會喜歡的男生不喜歡你而難過、而改變自己？那實在太愚蠢了！

　　我很受不了有人一天到晚說，如果我怎樣，男人是不是就不喜歡我，或因為男生喜歡什麼樣的女生，所以要變成那樣……之類的。我聽了很厭倦，很想告訴她，男人會喜歡你就會喜歡，並不是你做了什麼或你不去做什麼。對自己有信心，好好做自己吧！

　　因為你「不怕男人不喜歡」的態度，才能讓男人更加喜歡！

　　沒有自信的女人，長得再漂亮也沒有魅力的。有自信的女人，不論長相、年紀、身材，都會看起來發光發熱。那樣的魅力，並不是刻意裝出來或故作姿態可以表現的。而是發自內心怡然自得的，真正的覺得自己不再是為了在意別人目光，討好別人想獲得別人認可而去表演的自己，而是真實的表現自己的

眞性情！

好好做自己、認眞的愛自己比較重要，不用去煩惱男人會不會喜歡你，你不煩惱了，男人就會喜歡你。

與其苦苦在背後追隨男人的腳步，不如停下來，調整好自己的步伐，大步的往自己的方向邁進。男人才會追求這樣的女生。

與其花心思在自己的外在上，不如好好的增進自己的知識、人生見聞和自我成長，以及待人處事的智慧。不必當第一眼最漂亮的女生，要當最耐看、最討人喜歡的那個女生。

男人眞正欣賞的是聰明的女生，聰明的知道自己要的是什麼、知道尊重自己以及愛自己的女生。他們會努力的保護、爭取這樣的女生在自己的身邊。

我們不當性感尤物，不當男人只想要一夜情、打手槍的那種對象，我們要當的是男人會認眞交往、珍惜並尊重的對象。聰明的女生知道其中的差別。

有人問我，如果你做了什麼或不做什麼，你不怕男人不喜歡你怎樣怎樣……嗎？我大笑回答：「我從不怕男人不喜歡我，我只擔心我夠不夠喜歡他。」老實說我從不是爲了要吸引男人注意喜歡而去做或表現哪些事情，而是我本來就喜歡做我自己喜歡的、說我自己想說的話。並不會因爲我喜歡誰、誰不喜歡

我而感到不自在或需要故作姿態，我知道我的個性和外表並不是最吸引人的，但那些喜歡我的人欣賞的就是我真正的個性和外表。所以我在喜歡的男生面前，反而是非常自在的。

不必害怕做你自己，男人會不喜歡你。你要吸引的男人不是那些因為你表現得比較好才欣賞你，而是，即使你覺得自己那麼平凡無奇，他還是那樣的欣賞著你。

當你有一天不再感到害怕了，你就能成為有自信的女人。

因為，比起正妹，男人其實喜歡的是聰明的女人！

所有痛苦的愛情都來自三個字：「不甘心」

這種爭奪爛男人的比賽，有什麼好爭輸贏的？贏了抱得爛人回，是很得意嗎？我不懂。說穿了，也不過就是三個字：「不甘心」。

　　收到好多讀者來信，發現所有鬼打牆的悲慘愛情就只有三個字：「不甘心」！

　　「不甘心」三個字真的害人不淺，包括明知對方糟蹋自己還不願離開，老公離婚跟小三在一起還要搶回來做資源回收，在一起多年痛苦卻不放手是因為老娘付出了青春，爭奪一個自己也覺得很爛的人只因為不想輸……

　　「不甘心」真的會誤了你一生。

　　有的人說因為在對方身上投注太多心力和時間，還沒有得到回報，對方怎麼可以說走就走？（這麼說來，如果愛情可以投保就好了，但是因為風險太高沒有保險公司會承保吧！）

　　有的人明知道對方劈腿欺騙自己，還是不忍放手，因為不願相信：「我怎麼這麼倒楣！」覺得怎麼會有這麼不公平的事情發生在自己身上，他們不斷的求「公平」。可惜愛情本來就沒

有公平正義可言，一句「不愛了」就抵銷掉你所有的付出。

有人和第三者爭奪，他不想輸，並不一定是他多愛對方，而是不想丟臉、不想失敗，不想要好端端的「正宮」地位拱手讓人。有人是第三者，明知這個男人就是擺明自己有女友、有老婆還是要浪費她的時間，有的男人擺明有了第四者要甩掉她，她不想放手的原因是：「我不甘心我付出這麼多，就這樣什麼都不是。」

有的人遭到暴力對待，或言詞行為上的侮辱，對方根本連他的自尊都不顧，他還是不願意離開，因為不甘心自己受到的屈辱沒有得到任何回報，受了這些苦怎麼能夠輕易的放他走，他想著：「我都這麼委屈自己、作賤自己，都低聲下氣了，為什麼他還是不愛我？」他們寧可賠上自尊，也不願意離開。

有人在結婚前才知道自己的另一半劈腿，還是硬著頭皮快速又果決的結婚，除了表明「正宮」的決心，也不甘心自己苦心經營的婚禮破局，不想丟臉，不甘心自己的決定出錯，決定用婚姻來證明自己是做對的選擇。

有人跟對方在一起好幾年，明知道沒有結果，對方早已不愛自己了。因為習慣有他而不願意改變現狀，因為老娘已經付出這麼多寶貴的青春，你總是要給個「交代」，即使他在爛，你還是一定要他「交代」。

因為不甘心自己付出了青春，但是卻沒有想過，你為了怕「浪費」那五年，可能會耽誤你未來的五十年。這種投資報酬率在哪裡？

有人因為不甘心做了很多「報復」對方的事，但是毀滅了對方，也毀了自己。讓自己永遠走不出來。

前陣子看了很紅的電視劇《犀利人妻》，也跟所有的網友一樣很入戲，劇中女主角安真的媽媽問她：「如果瑞凡回來找你，你願不願意接受？」安真猶豫了，她媽媽卻說服她把老公搶回來。看到這裡，我真的很不解，這樣糟蹋她的老公硬逼她離婚了，為何還要搶回來做資源回收？難道老公在外跟小三玩膩了，回來老婆都可以原諒接受，那麼未來再發生一樣的事情怎麼辦？為何老婆總是要接受在外玩膩了才想到家的男人？如果這男人食髓知味、這樣糟蹋自己，你還要去跟小三搶回來嗎？

這樣的感覺也不過就是爭輸贏，**這種爭奪爛男人的比賽，有什麼好爭輸贏的？**贏了抱得爛人回，是很得意嗎？我不懂。

說穿了，也不過就是三個字：「不甘心」。

不甘心自己的付出沒有回報，不甘心自己苦追了半天卻追不到，不甘心自己的時間被浪費，不甘心愛情為何會變質，不甘

心自己輸給第三者，不甘心自己只能當第三者，不甘心不相信自己爲何會這麼倒楣，不甘心這不是你要的結果，不甘心自己會選錯人……

所有的不甘心都讓你成了失去理智、失心瘋，喪失判斷能力的人。而或許，你明明知道這個決定、這樣做是錯的、是對自己不好的、是糟蹋自己尊嚴的，你還是一意孤行的去做。

因爲只是「賭一口氣」，卻沒想過，你爭的這口氣在旁人眼裡多麼的微不足道，你拚命想要贏的，卻只是讓自己走入更失敗的那條路。你寧可大家都毀滅，你寧可拿你的人生來毀滅，也不要「成全」他們。

你說的是「成全」，事實上，你早已沒有決定權。你成不成全，你都失去他。

你能做的，只有優雅的、不傷害自尊的離開。

你不相信意外，但，這個世界上總是充滿了意外。沒有犯錯、努力付出，並不代表你不會受到傷害或得到應有的回報。

你責怪老天爺爲何這麼不公平……但親愛的，你怎麼知道，離開不是老天爺給你最好的選擇？

事實證明，我聽了太多人說，包括我自己，在痛苦的當下我會不平、會不甘心，但走過後，你會擁有更好的人、更棒的人生。

然後，多年後，你會感謝他的離開。如果不是他離開，你不會有現在這麼好的人生。仔細思考，當你在困境、在悲傷中所做的決定，是不是都是因為「不甘心」？

請用力的放下「不甘心」吧，一念之間，會改變你的一生。

我很喜歡一句話，把手握緊，你什麼都沒有，把手放開，你擁有了更多。

學習三件事：放下他、祝福他、忘掉他。不要報復，那會弄髒你的手。不要不甘心，那會耽誤你的人生。

有一天你會感謝這些挫折，你會發現這是上天給你最好的禮物。

謝謝那些小三，謝謝那些不夠愛我們的人，才能讓我們愛自己，遇到真正愛我們的人。

不要不甘心，趕快讓「髒東西」離開你的人生吧！

你不是失敗者，
你只是成功的離開了失敗的感情

當許多人在嘲笑那些「婚姻的失敗者」時，何不換個角度想，或許她們才是「成功離開了失敗的婚姻」？就算分手也是「成功的離開了失敗的感情」。那麼，我認為，他們不是失敗，而是成功。

有一次在演講時被問到：「女王，什麼樣的愛情是成功，什麼是失敗？要怎麼避免談到失敗的愛情？」

聽到這樣的問題，我覺得很奇怪也很有意思，我反問：「那麼你們覺得在愛情和婚姻裡什麼是成功？什麼是失敗？」

這讓我想到了另一個學生的問題：「女王，會不會有人覺得你未婚，還沒有成功的婚姻和家庭，所以被質疑過你怎麼能談兩性議題？」

之前我曾說過欣賞某位名女人寫的文章，也有人留言說她已離婚，怎麼有資格講兩性關係。我更不只一次聽到有人嘲笑說，許多兩性專家不是離婚就是到老都單身，她們說的話有什麼說服力？

以上這些，都是我們社會上既定的刻板印象所定義的，在愛

情與婚姻裡的「成功者」和「失敗者」，但是，什麼是成功，什麼是失敗？

在許多人的想法裡，有伴是成功、單身是失敗，女生有結婚是勝犬、未婚是敗犬，有家庭婚姻是值得鼓勵、到老未婚一定哪裡有問題，在婚姻關係中是成功者，離婚的人是婚姻失敗者。

看到了嗎？許多人界定一個人的成敗是在於他是不是在一段**愛情或婚姻裡**。

所以失戀的人覺得自己是失敗者，離婚的人（尤其是女人）被認為是婚姻失敗者。

所以只有一輩子愛情順遂、沒遇到壞人，戀愛總是占上風，最好也沒失戀過，然後運氣很好，愛情順利、婚姻順利、生子順利（最好還生兒子，不然人家會覺得你好「可惜」），然後老公沒外遇、小孩永遠第一志願，最好住在豪宅又子孫滿堂，這樣的人，才夠資格成為別人眼中的「成功者」？才有資格談論成功（也就是未曾失敗過）的兩性關係？

看到許多人對於單身者的歧視，或對離婚者、失婚者的言語暴力，我總是覺得很心寒。就像那一位名女人，如果她沒有離婚，怎能走出自己的一片天，成為有能力有影響力的人？她如

何說出有智慧、有影響力的話？不可否認，很多女人，是在離開婚姻後，才找到自己的一片天。

如果一個人死守著一段發爛的感情，死不分手、死不離婚，這樣，就叫作成功嗎？當許多人在嘲笑那些「婚姻的失敗者」時，他們為何不換個角度想，或許她們才是「成功離開了失敗的婚姻」？就算分手也是「成功的離開了失敗的感情」「離開了一個不愛自己的人」。

那麼，我認為，他們不是失敗，而是成功。

當我說到我對「成功」和「失敗」的定義時，我發現很多人認真的聽著，默默的點了頭。

失戀等於失敗嗎？離婚等於失敗嗎？

我認識不少離婚的女人，當她們離開不幸福的婚姻後，都變得更漂亮、更有自信，也更發光發熱，離婚對她們來說，絕對是好事。而大部分失戀的人，在失戀過後重新站起來，也總是過的更快樂，遇到了更好的對象。她們最後會感謝那些失戀的經驗，因為過去的人不愛他，才能讓他找到更愛他的人。

被甩了、被劈腿了、被傷害了，都不一定是壞事，那是因為你必須學會這個功課，你才能成長，未來才能過得更好。那麼失戀不是悲劇，失戀是喜事。

許多人因為害怕「失敗」，而情願一直活在一段失敗的愛情

婚姻裡，因為害怕失戀、害怕離開、害怕單身、害怕別人的眼光，而堅守著發爛的關係，只是為了「不要失敗」，然而，他們卻賠上了「失敗的人生」。我不覺得這樣死守著愛情或婚姻叫做成功。

不必為了別人眼光的短淺而將別人的愚昧變成自己的錯誤。人生是你在過的，不是那些一點也不重要的人有資格替你打分數，或替你下評語。

這個社會應該對單身、失戀、離婚的朋友更多寬容，而不是苛求。

如果你還是否定自己、還是不快樂，那麼偷偷告訴你，那些死會的、已婚的並不是你想的那麼快樂（也不一定比你過得快樂），他們才真的羨慕你。

如果你過得成功一點、快樂一點，他們否定你是因為你單身、你未婚、你失婚，那是因為他們本來以為你應該不那麼成功、不那麼快樂，但是你卻做到了，還比他們獲得更多，他們不能否定你的成功，所以他們只好否定你在感情上「失敗」。不然，他們要否定你哪裡？

那些因為失戀而覺得自己失敗的，更不必否定自己，因為，失敗的是你選錯了對象、是你們的關係失敗，並不是你失敗。

每次的跌倒只是爲了讓你跑得更遠更好。上帝爲你關了一扇門，是因爲他早已幫你準備了另一扇窗。分離是恩惠，多年後當你找到眞正的幸福，你會感謝這扇關上的門。

成功與失敗，與感情、與關係無關，而是你在心裡怎麼看待自己。當你覺得自己是成功的，你就會幸福，你能夠一個人快樂，才能享受兩個人的幸福。

如果有人再嘲笑你是感情的失敗者、婚姻的失敗者時，請你回答他：「我不過是成功的離開了失敗的感情，如此而已。」

你是成功者，因爲你不該否定你自己。

失敗的，是那些人的迂腐腦袋，不是你的問題。

什麼是好男人的條件？

判斷男人要看誠和信，不是先看車和房。
因為他現在有的，將來可能沒有。他現在沒有的，以後可能有。

　　現在很多女生在尋找另一半時，往往都把男方的經濟條件列為第一個考慮條件，有的人因為父母的告誡：「貧賤夫妻百事哀。」有的人抱怨父母只在意對方有沒有錢，但是個性好不好、對自己好不好卻不重視。有的人被逼相親，因為相親對象可以讓自己少奮鬥二十年，沒有什麼優點，只是因為有錢。

　　有時忍不住感嘆現在世俗社會的功利，媒體不斷膨脹豪門、美化千金少奶奶的夢幻生活，令許多人將現實利益擺在真愛的條件之上，但是卻忘了，社會新聞、影劇八卦告訴我們，台灣的外遇率、離婚率有多高，有多少一開始的夢幻婚姻最後落得老公外遇（還要假裝老公只是不小心被拍到是誤會一場），犧牲自己的理想事業或一切（當男人身後無聲的女人），爭不到撫養權（回不了家看不到自己小孩），甚至為了面子（自己的面子、家庭的面子）而堅守一段早已變調的婚姻。

　　天下沒有白吃的午餐，那一些為了名利去追求的愛情婚姻，

最後需要付出什麼代價？而那些真正幸福的人，或許付出的是你更難以想像的代價。

當然，我不是唱高調，我也相信經濟條件很重要，彼此有相近的經濟能力、價值觀和對金錢的態度，才會增進一段關係的安全感，不會為了錢吵架傷和氣。但是，過度重視經濟條件以至於非有錢人不愛，只想高攀比自己更富有的人，甚至把「錢」當作衡量一切的準則，這樣的關係，會不會成也金錢、敗也金錢？

前陣子在《女人變有錢》雜誌看到一位成功女性，悅榕集團副總裁張齊娥的專訪，深受感動與大家分享：「**判斷男人要看誠和信，不是先看車和房。因為他現在有的，將來可能沒有。他現在沒有的，以後可能有。**」

我將它轉貼到我的Facebook粉絲俱樂部，許多人看了紛紛點頭，因為，衡量一個男人經濟條件時，往往我們都只是短視近利的看到「他現在擁有了什麼」，但是這一些，不一定是他自己賺來的。

很多人為了這些眼前的利益去接近對方，最後發現那些錢財其實看得到摸不到，有錢人比自己想的小氣，甚至只是空殼，來得快去得快，後來，可能什麼也沒有了。

而我真的相信，一個男人的「誠信」比起一切重要太多，

他能夠有責任、有擔當、有上進心，有能力去創造更好的生活。他能夠說得到做得到，他能夠有遠見、大器，除了能照顧別人，更能顧好自己的生活。這樣的男人，即使現在有的並不多，未來也一定能給你更多。

投資一個好男人，看得出他的成長和前景，這才是聰明的女人。

不過話說回來，把自己的人生押注在男人身上也是最大的賭注吧。以前的女人，嫁雞隨雞嫁狗隨狗，嫁錯了人就毀了自己的一生。但是現在的女人有更多的「選擇權」，如果還將自己的後半輩子賭在婚姻，讓一個男人的成敗來決定你人生的成敗，還不如把投資男人、依賴男人的力氣拿來投資自己。而且絕對穩賺不賠！

期待遇到一個好條件的男人，不如多花點力氣把自己也變成一個「好條件的女人」，當你的條件夠好，你自然會遇到更好的男人，甚至，你根本不需要那些男人了。

一個男人最重要的條件不是有車、有房、有三高，能對你多好，而是他是不是一位有誠信、有肩膀的男人。看一個男人，不要只看他現在擁有什麼，而是看他未來能給你什麼！

我一直覺得，一個女人最重要的能力是「選擇權」，有能

力、有條件、有智慧的女人擁有更多選擇權，而不是「被選擇」。

不過，即使條件太多、選擇太多，最後還是要回歸你內心最大的渴望和力量，你無法說服自己的，那就是「愛情」！

擇你所愛，愛你所擇！

做一個能選擇自己人生的女人！

PART 3 關係：

幸福沒有想像中的難

「嫁得掉」的迷思，
害了多少女人？

結婚還不錯，有人養也不賴，統統包起來也很好，但是，聰明的女生知道，在廣告商的洗腦和浪漫時刻的甜言蜜語後，還是要先對自己的人生負責。

　　前陣子在網路上看到知名喜餅的廣告，引起了許多人的關注和話題，大部分的人包括我身邊的朋友看了都批評不已。忍不住好奇的我也點來看，看完真的令我感到很不舒服，一點也沒有覺得「結婚還不錯」。廣告呈現的價值觀也令我感到訝異不已。

　　廣告總共有三篇，主題是結婚「還不錯」，一篇是女人遇到了討厭的老闆怒罵，憤而把咖啡灑滿老闆的桌子離去：一篇是女人遇到了壞房東，憤而把水龍頭拔掉，讓房東淋了一身濕：另一篇是女人逛街遇到勢利眼的店員，憤而把商品打破，說：「這個我不要了，其他統統包起來。」

　　廣告的結局是，女人主角驕傲又開心的離去，因為前十分鐘男友跟她求婚了，所以她覺得「結婚還不錯」，因為有男人靠

了，可以不要忍受討厭的老闆、房東和店員，結婚真好。我不懂這樣的價值觀，因為結婚了，所以可以擺脫現實生活討厭的人事物，可以大聲的說「因為我要結婚了」，所以我大不了工作不幹了、房子不租了，看到討厭的店員也可以裝闊了，這不是一件很奇怪的事嗎？

這個廣告塑造了「女人只是婚姻附屬品」的價值觀，「什麼年代了，還有女人以為結婚就讓人生得救嗎？」我自己也很不欣賞這樣的價值觀，好似女人只要有人娶了、嫁得掉了，就可以任性的對待人、對工作不負責，反正女人遇到難題、有了困難，只要有男人要娶她、有男人罩她，就可以解決人生的困境，就可以得救，那也太瞧不起女人了吧！

女人大多都喜歡聽男人說：「這麼辛苦就不要幹了，我們結婚吧！我來養你吧！」這樣的話，老實說，聽到的當下當然會很甜蜜。每個女人都有做過「這些統統幫我包起來」的美夢。但是回歸現實面，我們還是要面對我們人生的問題，而不是把問題統統交給別人，因為自己的人生遇到了難題，就希望白馬王子可以來拯救我們，然後相信只要結婚就可以讓自己的人生得救，把現實人生當成童話故事，恐怕婚後才會發現現實和想像的落差吧。

多少社會新聞、娛樂新聞告訴你，靠山山倒、靠人人跑的道理，台灣的離婚率這個高，現在的女人還可以這麼鴕鳥的以為，婚姻就是人生的百憂解嗎？

　　我其實很怕聽到女人結婚是因為家裡的壓力、別人的眼光或是因為時間到了不得不敢快結婚，或甚至是結婚只為了想擺脫單身，證明有人要、嫁得掉，或負氣的想要氣前男友。完全沒有去想自己是不是真的愛他，這個男人適不適合自己、能不能嫁，而不是為了結婚而結婚。

　　婚姻不應該是解決問題的唯一方法，也不是逃避現實的出口。你生活中該面對的問題還是要面對（而婚後更多的問題才令你難以招架），老闆不好，可以換工作，房東不好，可以換房子，店員勢利，大可不必為了跟他賭一口氣摔東西。你可以選擇的，不是嗎？

　　壞老闆、惡房東、勢利眼的店員，並不會因為你結了婚以後就不會遇到。而婚後，你要面對的或許是更多叔叔嬸嬸公公婆婆妯娌三姑六婆遠親近鄰，那些人說不定比壞老闆、惡房東和店員難纏，又逃避不了。不是嗎？若以為可以逃避問題，而去選擇婚姻這個避風港，這樣的鴕鳥心態，在婚姻裡才會遇到更多問題。

　　男人要你不要工作，他要養你，聽起來很夢幻。事實上或許

是他瞧不起你、不喜歡你的工作，他不希望你比他忙、比他有成就，或者是因爲你不用工作，所以你就得處處聽命於他。因爲你已經失去了經濟自主權，拿人手短，就算你認爲做家事也是一種工作或勞務，應該是有薪資所得的，但在他心裡賺錢的還是他。我聽過很多女人抱怨過在家裡不受到尊重，沒有財務的自由。

當然你可能很幸運的遇到了很好的男人，眞的愛你、養你，而且永遠不變。如果是這樣眞的很恭喜你。如果有人養該有多好？哪個女人（應該是哪個人）不想當個米蟲呢？但是也要他眞的養得起你、願意養你一輩子，還有，他除了你不會去養別人。

以現實的社會來說，說要養你的人非得眞的有一番本事，否則很多女人還不敢讓男人養呢！這種好聽的話，聽聽開心一下就好。女人還是要多爲自己打算一點。

如果只是爲了不滿意現狀、爲了證明自己嫁得掉有人要，或只是逃避某些問題，而斷然的跳入婚姻，說眞的，只會讓你在婚後遇到更多問題。因爲眞正的問題就是在結婚後（說不定在婚宴關於宴客細節就發生問題了），而到時候拯救你的人生不一定能靠他，而是靠你自己了。

結婚還不錯，有人養也不賴，統統包起來也很好，但是，聰明的女生知道，在廣告商的洗腦和浪漫時刻的甜言蜜語後，還是要先對自己的人生負責。與其因為一時衝動賠上自己的幸福人生相比，或許，壞老闆、惡房東與勢利眼的店員也還不錯！

聰明的女人要知道，千萬不要為了別人的眼光而去否定或決定自己的人生，人生是你自己在過的，不是那些與你人生不相關的路人甲。你真的想結婚，是因為你深思熟慮過，是因為你真心愛他，他會是個很好的老公，你才敢嫁，而不是因為外在的壓力或自己的虛榮，或看到身邊的朋友結婚了，或因為百年結婚潮，就逼著自己一定要結婚，而忽略了很多問題。

嫁得掉不如嫁得好，嫁不好真的就不要嫁。

你的人生要你自己負責，而不是拖了一個人要他為你的人生負起全責。在這個年代，這是最高風險的事。嫁得掉的迷思，害了不少女人，女人要快樂，要先擺脫這個宿命的包袱。

結婚與不結婚，不是勝犬與敗犬的分別，真心愛自己、真正過得快樂，才是人生中的勝利者！

吵架一定要先道歉

如果你在乎他、你愛他，就把「面子」拿掉吧，對方會愛你、尊重你，並不是因為「你比較有面子」，而是你願意為了他不要你的面子。愛一個人，又何必爭輸贏呢？

有次去演講時，有讀者問到：「女王，當你與男友吵架的時候，你都怎麼處理？」

我回答：「不管對錯，我一定在第一時間先道歉。」

話一說出，應該讓許多人傻眼。讓我想起許多訪問，問到我在感情關係的處理方式，其實許多人覺得我既然叫「女王」，一定是把男人吃得死死的、把男人踩在腳下，在兩性關係一定是站在強勢的角色、一定是個大女人……

唉！誰叫「女王」這兩字讓人擁有這般的誤解和先入為主的觀念。既然叫女王了，談戀愛時也一定是個女王。

錯了，錯了……每次我回答別人的問題，總讓他們驚訝了一下。其實，我在感情裡並不是個強勢的人，甚至我認為，我是個可以身段很低，不計較自己面子，非常「不強勢」的女人。

當吵架的時候，不管錯的人是對方還是我，我一定在第一時

間、當下馬上道歉：「對不起，讓你生氣了」「很抱歉，這是個誤解」「親愛的，請不要生氣嘛！」……許多人愛面子、要爭輸贏，但是我覺得那都是沒有意義的事。

當然，除非你當下決定要與他分手。

如果你衡量了情況，你並不是為了要與對方分手，只是單純不爽、想吵架、想生氣，吵架或許是溝通的一種方式，但絕對不是解決問題的方法。更何況，只有兩個人的情侶關係，你和他爭輸贏有什麼意義和樂趣？你吵贏了、你爭贏了，So What？你們的感情會更好嗎？對方會更愛你嗎？如果不會，爭那個誰贏誰輸有什麼意義？只是在破壞彼此的感情罷了。

我最討厭冷戰和吵架，只要男友與我冷戰，一定馬上失敗。因為我一定第一時間想要和好，為我的錯誤或態度道歉，然後在當下溝通，解決事情。我絕對忍受不了拖時間，拖了越久，裂痕越深，只不過浪費時間，又讓自己好幾天心情不好，何苦呢？

有問題就要當下解決！

當然，許多男人愛面子，女人也愛面子，怎麼能夠忍受先道歉、先示弱、先釋放誠意？但是，請記得一件事，面子真的一點意義都沒有。在你愛的男友女友面前，擺架子、愛面子，真

的是一件很無聊的事情，說眞的，你只是爭「一時之爽」，但是呢？對你們的感情有任何助益嗎？如果你愛他，又何必在他面前裝面子、愛逞強？

有時，你眞的只是贏了面子，輸了裡子。

如果你在乎他、你愛他，就把「面子」拿掉吧，對方會眞正愛你、尊重你，並不是因爲「你比較有面子」，而是你願意爲了他不要你的面子。

那麼，有人問，如果我先道歉，但是錯的明明是對方怎麼辦？我的作法是，先道歉，讓對方心情好、緩和彼此情緒和氣氛，然後等到氣頭過了，再與他溝通討論這個事件是非對錯問題。

因爲，在氣頭當下，說出來的任何話，都是不理智的、傷人的，也是無法解決問題的。或許對方爲了一時面子，愛生氣不願意低頭道歉，但等氣頭消了，你們好好溝通問題，心平氣和的，對方也會知道自己理虧，也趁此機會告訴他你的內心感受：「你這樣我眞的會很難過，以後不要這樣了好嗎？」

對方會感激你給他台階下，也會感謝你用高EQ的方式化解尷尬。就算他錯，他內心知道就好，你不用一直指著他罵：「你錯了！」你也知道許多愛面子的人（尤其男人）特別容易惱羞成怒的。

大概我個性真的非常務實，我是以「結果論」來看吵架事件。如果我希望的結果是和好，我就會用和好的方向去解決問題。當然，先道歉不代表錯的人不是你，你還要道歉。要明辨是非對錯，而不只是被傷害了還委屈屈就。但如果純粹只是兩個人的口角或無意義的爭吵，我認為，先道歉或放下身段，不是一件比較卑微、比較弱勢的方式。而是，先釋出你的善意。

　　在感情裡，身段低一點，是好事。不要愛面子，更是好事。

　　你需要的是溝通，不是吵架。生氣並不能解決問題，吵架只會讓感情越吵越淡，更重要的是，一定要在你生氣、正要講出氣話或不該講的話時，深呼吸一口氣，想個三秒鐘，想想你是不是不該說這句話？因為，氣話是最傷人的。如果你愛他，為何要讓情況更糟、為何要傷害他、傷害彼此的感情？

　　彼此傷害，真是一點也不划算的事。

　　當然，每個人都有自己的處事方法。我的方法很簡單，就是先道歉，我的態度也很簡單，就是身段要低。

　　正在吵架的人，希望對你們有些幫助。

　　請記得一件事，感情絕不是爭輸贏。

　　你要贏的是感情，而不是你那無聊的面子。

睜一隻眼閉一隻眼，才會幸福？

如果用錢就可以買到愛情、買到婚姻，這樣與性交易有什麼差別？你簽的是長期契約，別人做的是單筆交易。只是婚姻有了合法證書，擁有合法抓姦的權利罷了。

記得有次演講，有人舉手問我：「女王，如果老公很愛玩會劈腿，但是會拿錢回家，這樣OK嗎？」

當場我傻了一下，於是問在場的女生：「如果你們的老公會出去玩，但是會拿錢回家，你們願意嗎？」

「當然不可以！」許多人搖頭？

但是有人問：「要看是多少錢？」

我說：「大約多少錢有人會願意？」

「二十萬！」有人說。

於是我問：「如果老公會出去玩，但是一個月給你二十萬，願意的舉手？」

我在台上看到許多人猶豫不決的表情，有些人勇於舉起手，大部分的人沒舉手，或不知道該不該舉手。

但是我自己覺得疑惑：「會拿錢回家就叫做顧家嗎？」

聽到不少人曾說：「幸福就是不要知道得太多，睜一隻眼閉一隻眼才會幸福。」我感到非常疑惑……

我把這個問題寫在我的Facebook問大家，沒想到馬上有快兩百則留言，許多人說自己不能忍受，也有不少人說願意爲了現實選擇沒有感情的二十萬，甚至只要有錢，各玩各的也好。我在想，如果不只二十萬，是兩百萬呢？是不是更多人會願意選擇向金錢靠攏？

我並不是說我是多麼理想主義或道德潔癖者，我是個非常務實的魔羯女，說眞的，誰不愛錢，若把金額加到兩百萬，雖然我也會心動，但是，我無法把自尊擺在金錢之下。我只會一邊覺得罪惡，一邊看不起我自己。

甚至我在想，**如果用錢就可以買到愛情、買到婚姻，這樣與性交易有什麼差別？**只是婚姻有了合法證書，以及合法抓姦的權利罷了。你簽的是長期契約，別人做的是單筆交易，說眞的，五十步笑百步。

演講中，也有人問，如果遇到了這樣的情況，老公就眞的去外遇了、不顧家了，甚至對老婆不好了，該怎麼辦？我說，我覺得這是因爲一開始你就用不尊重自己的方式去委屈一段關係，最後又要別人尊重你，那不是很怪嗎？說難聽一點，錢都拿了，也堵住自己的嘴，也默認了這一切不平等的關係，最後

再去說爲什麼他這麼對我，又反悔要求對方尊重你，那眞是自打嘴巴。

我從不覺得「男人拿錢回家就叫顧家」，只出精子就想當爸爸，甚至只生不養，把家庭責任都丟給女人，這樣的男人，怎能稱爲顧家？

一個男人負責任，並不只是在金錢上負責。現在這個時代，不一定是男主外女主內，男女雙方都要分擔工作和家庭，就算女人沒有外出工作，在家庭付出的勞力，也是工作。豈有男人賺錢就是老大，女人拿錢就是手短？

更別說那些多有錢的老一輩的人可以娶幾房，能有本事讓每個老婆不會爲錢爭吵，死了以後大家不會爲錢爭產，那才算令人佩服。但是，有誰不爭的？

很多男人，口口聲聲說自己一個月已經給老婆多少錢了，就代表他對老婆很好了，所以可以合理化他在外犯了全天下男人都會犯的錯。表面上好像自己是負責的男人，會買單會結帳，但事實上就是負不起責任所以花錢消災。

但是，你眞的願意爲了看在金錢的分上，而不在意忠誠、不在意愛情、不在意自己的自尊嗎？

或許有的人覺得自己夠聰明，可以玩得漂亮，可以拿了錢讓

自己過得好，只要表面上過得好、看起來幸福，甚至可以被稱爲貴婦（就算只是情婦），只要拿得起柏金包就會受到別人的尊重。有錢也被劈，沒錢也被劈，那還不如有錢拿。名分又值多少錢？幸福又可換多少錢？

我不知道這樣的價值觀是不是眞的會越來越普遍，但我知道，只要是金錢能買到的東西，都是能被取代的。只要出個價就能買到的東西，都不是會令人值得珍惜的東西。今天你買得到，別人也買得到，今天你被買了，明天也會買別人。

難道，你相信二十萬是永恆？出去工作都會被裁員了，你怎能相信自己可以領一輩子？更何況未來你也不一定值二十萬。

金錢可以買到短暫的快樂，但買不到永恆不變的東西。

要說什麼是最昂貴的東西，我覺得是「尊重」。不是你有錢就會得到尊重，那只是看在錢的分上。而是，別人發自內心的尊重你這個人。

尊重你是個值得被好好對待的女人，尊重你的身體你的名譽，尊重你是個有原則的女人，尊重你是他的老婆，尊重你的付出和存在。

用錢買不到尊重，只有自重才會換來尊重。

雖然，有些時候，我們難免受到利益的誘惑，不免會遇到金錢的迷失，有時候，我們不得不對現實低頭……但是，請記

得，不管在愛情上、在生活上，永遠要保留你內心對自己的最後一絲「尊重」。不管你的底線是什麼。

面對愛情不必戳瞎自己，面對現實不必放棄自己的尊嚴。

只有不愛自己、不尊重自己的人，才會遇上不愛你、不尊重你的人。

幸福不是要別人肯定你，也不是要自己騙自己。

睜一隻眼閉一隻眼，只有你自己才相信你很幸福。

好男人是教出來的

我們要找的是具有潛力被開發、被教導的男人，不用想要找一百分的完美男人，找個八十分的好情人，這個男人是個潛力股，他可以為了你不斷的提昇自己，從八十分變成你心目中的一百分。

　　常聽很多身邊的女生朋友和讀者抱怨好男人已經絕跡，或是為什麼遇不到好男人、男人為什麼不懂女人在想什麼……

　　後來我發現，大多數的女人都把好男人想得太完美、太理想化了，這世界上根本沒有我們心目中一百分的好男人。

　　你要男人會賺錢事業有成，又要他隨時有空陪你；你生氣他不夠體貼，什麼都不告訴他，就要他「自動感應」懂你心裡的話；他有自己的哥們朋友，你卻要他犧牲男人的友情來多陪你；你要他懂得拒絕女生，因為他不懂人家是不是想利用他；你要他知道你了解你的性感帶在哪裡，但是你從不告訴他在哪裡；你抱怨他不知道情人節要送禮，你想吃美食他卻不知道要帶你去哪一家餐廳；你說你不喜歡他不夠貼心、不夠溫柔、不夠浪漫，但是你從來不教他要怎麼對你體貼、溫柔、浪漫……

　　我有時候覺得，抱怨男人不夠好的女人，是不是覺得男人

「天生」就該如何，男人「生來」就要怎麼做？可是，你做了什麼？你有好好的跟他溝通，你要他愛你，你有告訴他要如何愛你，你喜歡怎麼被愛嗎？

沒有男人生來就是好男人，也沒有男人天生就是個好情人。好男人當然是教出來的，難道你以為他打從娘胎出來就是完美情人嗎？

曾經看過國外的兩性專家寫的書有提到，我們要找的是具有潛力被開發、被教導的男人，不用想要找一百分的完美男人，其實找個八十分的好情人，你也可以讓他慢慢加分，變得越來越優質、對你越來越好，懂得怎麼對你好，這個男人是個潛力股，他可以為了你不斷的提昇自己，從八十分變成你心目中的一百分。

重點是，這個男人是可以被加分，而不是被扣分的。那麼，或許他不夠好，至少他是個可以被琢磨、開發的璞玉，或許他只是個不起眼的寶石，但經過你的巧手雕琢後，他也會閃閃發光，變成炙手可熱的鑽石！

不過，能夠「慧眼識英雄」的女人並不多，但是，錯把石頭當鑽石的女人卻不少。如果要遇到一個「可以培養的好男人」，女人也要自己訓練出辨識男人值不值得加分、是不是潛

力股的好眼光，而不是被虛華的的光芒所蒙蔽，把鍍金的男人當作純金，把只會做表面功夫、膨脹自己的男人當作完美的情人。

很多人抱怨找不到完美的情人？

不如放棄完美的迷失。找不到好男人，那就找一個可以變得更好、可以對你越來越好的男人。當你的眼光不再斤斤計較的要求滿分，你才有可能看見那些璞玉、那些待琢磨的鑽石。

甚至我覺得更重要的是，你有把八十分的男人變成一百分的本事和能力。

那些擁有好男友、擁有美好關係、幸福婚姻的人，並不是「生來」就好運，也不是運氣好就會遇到「天生」的好男人，他們都是經過努力、用心經營，甚至願意花更多心思去溝通、去教育、去調適、去培養一個適合自己、了解自己的好男人。

愛情，是需要經營，幸福，是需要學習。

而好男人，是需要被教育的！

犀利人妻&犀利小三

愛你的人，不會讓你委屈當小三。
不愛你的人，不管你再好也比不上小三。

「小三」大概是最近最熱烈討論的新名詞，走到哪裡都有人討論著小三的話題，前陣子我受邀參加電視節目也談論起小三這個主題。

小三是從中國大陸來的名詞，就像台灣人稱第三者。沒想到現在時代不同了，許多小三不像過去見不得光、低調怕曝光，現在許多小三不怕人知道，也不怕站出來跟元配競爭，因為現實生活中，台灣離婚率這麼高，外遇的男人另娶小三也時有所聞，當道德意識越來越模糊，眼見許多年輕的女生對真愛的觀念越來越開放，以前人會說：「只要我喜歡有什麼不可以。」而現在的流行語是：「不被愛的才是第三者。」

上節目談起這個話題，我才吃驚的知道原來很多年輕人都有遇過小三、當過小三的經驗，身邊很多分手案例也是因為小三。每個人或多或少都遇過劈腿、外遇，甚至抓姦的經驗。但是我始終疑惑的一點就是，為何這都是一場女人與女人的戰爭？

許多元配與小三的爭奪，男人甚至覺得置身事外，等到誰搶贏、誰接受，就跟誰在一起。**許多戰爭是女人與女人之間的迫害廝殺，女人為難了女人，女人總是第一個先罵第三者，但是真正的問題點並不是小三，而是你的男人。**

　　我曾問過許多女人一個問題：「難道，你的男人是被強暴的嗎？」如果他沒有任何想要外遇偷吃的念頭，即使是像林志玲一般的任何美女想要投懷送抱，他也不會有反應。如果他有自制力，就算會有想要做壞事的念頭，也會在最後煞車，因為他想到最愛的是你。

　　很多女人總為男人找藉口，一定是外面狐狸精勾引他的、一定是他被騙的，不斷的想辦法去毀滅小三，卻永遠防不了未來的小四、小五、小六……與其想辦法去防堵，用盡心思去跟小三鬥法，那為何不去找一個讓你有安全感的男人？

　　那些曾經在愛情裡遇過小三的女人，歷經風霜、看盡千帆，現在你問她，她們都會告訴你她現在過得很好，她們之後遇到的男人更好，她們之後的人生更美好。

　　也是因為下定決心離開不斷外遇的男人，下定決心不再讓別人傷害自己的自尊，所以，她們能夠再愛上更好的男人。她們雖恨過，但都感謝還好爛男人離開了她們的生命，好的男人才會來臨。

《犀利人妻》劇中的女主角離婚後，努力的改造自己、愛自己，成為了更好的女人，原本只是為了復仇、搶回老公，最後發現，她只顧著「對方愛不愛自己」，卻忘了問自己「我還愛不愛他」，她只為了復仇而忽略了生命中更重要的人事物，當她放下了復仇，只為自己而活，她的人生就截然不同了。

　　因為復仇只是浪費自己的生命在一場鬧劇，傷害自己只是讓傷害你的人開心，責怪別人踐踏你，其實是你讓自己倒地不起。

　　或許換個角度想，你除了感情不如意，你還有很多更值得的人事物，你還有工作、還有朋友、還有美貌、還有健康的身體、還有關心你的家人……你還擁有很多。你只不過是失去了一個不愛你的人罷了。

　　事過境遷多年之後，或許你會覺得小三其實是你人生中的貴人（我一直是這麼覺得的）。如果沒有她們，你現在不會遇到更好的，更值得的，更懂得珍惜的。

　　愛你的人，不會讓你委屈當小三。不愛你的人，不管你再好也比不上小三。

　　女人要學會一件事，不要只將自己人生的幸與不幸押注在男人身上，那才是天大的風險。

　　幸不幸福，自己決定。

PART 4　命運：

個性決定命運，好不好命都是你的決定！

台灣女人，
你接受這樣的命運嗎？

如果沒人感謝你、尊重你、珍惜你，你所謂偉大的付出，是一點意義都沒有的。

　　看了一個網路上的短片，是吳念真為了江蕙演唱會拍的影片，訴說著台灣女人的偉大與辛苦。我一邊看著，一邊感動的落淚，想起我媽媽，我們上一代、上上一代的女人，為了家庭所做的奉獻和犧牲……讓我好難過，過去女人的社會地位低，台灣女人總是有股莫名的毅力和耐力，所謂「嫁雞隨雞、嫁狗隨狗」的油麻菜籽命，接受宿命與命運的安排，沒有怨言……讓我覺得好不捨。

　　但是，難過完、不捨完，卻覺得有一股不平之鳴，這些被推崇為美德的台灣女人精神，到了現在大家還是如此認同嗎？

　　台灣女人，你們現在真的還接受這樣的命運嗎？

　　過去的台灣社會重男輕女，男人習慣把女人當「家後」，持家帶小孩照顧一家老小都是女人的責任（有的還要跟男人一樣的出外賺錢貼補家用），大男人主義之下，女人在家沒地位，

而女人們總是忍辱負重的接受這一切，因為這是傳統婦女的美德。

這讓我想起小時候不管我考試考多好、表現得再好，總是覺得長輩有一種「為何你不是兒子」的感慨，讓我從小到大總是為了證明我不會輸給男生，而跟男生打架、比賽，小學國中畢業紀念冊上面寫「我的志願」總是填上「女強人、立委」之類的，我想當一個比男人厲害的女人，證明女兒也不會輸給兒子。

我也討厭那種婆婆一定要欺負媳婦，媽媽不重視自己女兒，女人總是要為難女人的代代循環。許多女人從小被欺負被輕視，長大後，媳婦熬成婆後，就用同樣的方式對待她的下一輩。她把好的資源都給兒子，不給女兒，但往往許多狀況是，當她老了病了，在身邊照顧她的是女兒不是兒子。

很多傳統的婦女已經把自己內化為家族的女傭，從上到下、從老到小，她都要伺候要服務，總有做不完的勞務，但別人卻覺得那是應該的。從小看我媽那麼辛苦的為夫家做了很多事，女人們每當過年就像是一年一次的酷刑，從早煮飯到晚，卻沒有上桌的機會，總是只能吃菜尾。小時候我總不懂，為何那些嫁過來的女人都要把自己搞得好像瑪麗亞，不上桌一起吃飯才是賢慧的美德嗎？

看了「台灣女人」讓我有了很多感動與感慨，感動女人的犧牲與付出，也感慨在過去的環境之下，這個社會把女人的犧牲付出當作理所當然的美德。看到男人說「你們女人不懂就閉嘴」，男人可以做的事女人就不能，那一段感覺真的很生動。但是，我想說的是，台灣女人，不用把自己搞得這麼悲情、不用把自己的委屈當作理所當然，如果你的男人如此不尊重你，你為何要堅持那就是美德？

我想說的是，我並不否定女人的偉大和付出，如果我結婚後，我也會做那些付出，為了家庭為了小孩，我願意為他們做任何事。但是，前提是，你需要獲得「尊重」。

如果沒人感謝你、尊重你、珍惜你，你所謂偉大的付出，是一點意義都沒有的。

現在的社會，女人也受到平等教育，也在職場上發光，也有許多雙薪家庭，女人也與男人一樣要工作，但女人還是要持家。女人做的事一點也不比男人少，甚至更多。

現在的女人，更懂得尊重自己，更需要兩性平等，而不只是把自己當弱勢團體，那麼，現在的台灣女人，絕對跟過去的不一樣。因為，現在的台灣女人，是有聲音的。

吳導的片拍得很好，我們感謝過去那些女人的努力，才有台

灣的經濟奇蹟，有多少的「家後」支撐了整個台灣的社會。

但是，現在的家後不再只是委屈女人的讚美詞，女人不只是附屬品、犧牲品。

過去的女人總是相信宿命、妥協命運的安排，現在的女人更有能力掌握自己的命運、不向命運低頭。

我想，或許將來會有一個現代版的「台灣女人」，這些女人努力於工作和家庭，努力實現自己的夢想。她們在外打拚，回家又要照顧小孩，她們勇於離開不尊重她的男人，她們被家暴一定會報警，她們會拿出離婚協議書爭取自己的人生，她們會打離婚官司要小孩撫養權。

她們不必當家族的女傭，而是她們擁有人權和發言權。她們擁有自己的生活和夢想，她們在每個領域發光發熱。

她們會善待家人，也不會虧待自己，她們不管年紀多大，還是愛美，她們會學跳舞、做運動、去念書，懂得自我成長，挖掘自己的其他專長。

她們永遠樂於生為女人，而不是抱怨自己為何不是男人，她們的臉上不是自卑，而是自信的光彩。

她們愛別人，也不會忘了愛自己，她們尊重自己，而讓男人更尊重她。

她們不會像過去傳統的女人，覺得生來不平等就放棄自己的

位置，也不會像激進的女權主義，覺得自己生來不平等就和男人開戰。

她們不卑不亢，她們一點也不悲情，因為她們相信自己能掌握、創造自己的命運。

這才是我眼中，現在的台灣女人啊！

得不到的，就好好欣賞它！

看到別人成功，我會很開心的給掌聲，而不會因為掌聲不屬於我，就否定我自己。

曾經遇過幾個朋友問我：「女王，你為什麼不買一個愛瑪仕柏金包？」

我笑了笑：「我買不起啦！」

朋友虧我：「你怎麼可能買不起？」

「要買是買得起，但是我覺得自己還沒有必要買，而且真的下不了手。」

很老實的說，我的經濟能力還沒有到買柏金包不會心疼的地步，工作很辛苦，我還有房貸要繳，一個柏金包可以付將近一年的房貸了。更何況我並不覺得我一定要擁有那個包，我的年紀、我的社經地位還不足以撐起那個包。

好的東西需要好的氣質來襯托，好的氣質才能撐的起好東西。所以我還要幾年的修練，這是我以前訂給自己四十歲的夢想之一。

我不覺得太年輕就一步登天、什麼都輕易得到是好事，人生

就是要慢慢來、慢慢努力，這樣得到收穫的時候才會發自內心的珍惜與感激嘛！（而說不定四十歲的時候，我的想法也會不一樣，誰知道呢？）

所以，我喜歡它，但我不一定需要它。我欣賞它，但我不一定要擁有它。

記得有次在法國遇到一位氣質優雅的老太太，她提著一個桃紅色的柏金包，喜愛桃紅的我眼睛一直盯著她的包包（實在太美了），於是善意的跟她打了個招呼，我們互相微笑了一下，我用英文跟她說，你的包包顏色好漂亮！老太太笑嘻嘻的跟我說：「The color is smokey pink, remember it！」她樂於跟我分享她的柏金包，我們很開心的道別。欣賞著別人擁有的漂亮東西，我會很開心的主動讚美，我不會嫉妒，也不覺得自己一定要擁有。

我想到之前跟朋友聊天的話題，關於「讚美與嫉妒」，朋友說，不知道為什麼網路上總有許多人會到處唱衰別人的婚姻、詛咒別人的幸福，見不得人家好，看到別人過得好一點就想批評。他問我是不是遇到這樣的人會很困擾？我說以前會，但現在想想，或許他真的心情不好需要發洩一下，那就不要放在心上，何必為了不認識的人生氣，一點也不重要啊！朋友說，他問過心理醫生這個問題，醫生跟他說這樣的人或許是因為他想

得到的沒得到，看見別人有了，他就會心理不平衡。

　　這讓我想起認識一位寫美食的網友，她也曾遇到這種問題，每當她很認真的整理食記放在網路上，就會遇到一些人來批評她是不是很有錢所以可以到處吃美食、不知民間疾苦。如果她寫旅遊也會遇到網友來批評為何可以一年出國好幾次，是不是家裡很有錢、閒在家裡當貴婦才能出國玩樂……朋友說，她只是一位老師，喜愛美食是興趣，喜歡跟老公出國是因為他們喜愛旅遊，所以努力存錢排假，他們並不是什麼有錢人，只是喜歡分享的人。後來她有點氣餒，這麼認真的想要分享、提供網友美食旅遊的資訊和心得，卻要被一些人酸葡萄，她真的很不想寫了。

　　還好，有很多的網友都鼓勵她，支持她認真又有品質的食記文章，所以她一直很認真的寫作下去。說真的，我也不懂為何有些人的心態會充滿了批評和敵意，如果我看到別人寫好吃的食記或旅遊，我會很開心的享受它，並希望有一天我也可以吃到、可以玩到，就算沒有辦法吃到、玩到，我看到就覺得有感受到了，心情大好。我並不會想：「為什麼你可以吃到？」或「為什麼你可以去玩？」這種「為什麼你有我沒有」的心態，每個人的人生都不一樣，生活形態也不同，有什麼好比較的

呢？

就像有的人看到別人過著自己嚮往卻無法擁有的生活，就會嫉妒、生氣、詛咒，但是，為什麼不是羨慕、快樂、祝福呢？

負面思考只會讓你不斷的以仇視的眼神看著別人，你怨恨自己沒辦法達到，所以希望別人也都不要得到，如果別人得到你想要的東西，你會不斷的希望他失去、失敗。但是換個角度想，為什麼你看著別人比你成功時，你不會勉勵自己也要學習他、努力向上，想達到跟他一樣或比他更好呢？

有趣的是，我常遇到有人一邊看著週刊報紙，一邊罵那些企業家或成功人士，笑他們還不是因為有錢不然誰理他，又一邊笑那些名人明星的婚姻，唱衰別人早日離婚、老公外遇，笑那些有點年紀的名女人老了嫁不出去……有時聽到那些人的話，我都覺得好可怕，為什麼要沒事去詛咒別人呢？

難道別人過得不好、不幸福、不快樂，你就會過得比較好嗎？

我不懂，但是我每次看報紙週刊雜誌時，我都不會去討厭那些有成就有名氣的人（除非他們作奸犯科），他們的成功有值得我學習的地方，我參考、學習、拿來當借鏡都來不及了……，我看到明星擁有漂亮包包，我會很羨慕，但我不會眼紅或嫉妒。看到有錢人買豪宅，我也會羨慕，但不會氣憤不平。

看到別人成功，我會很開心的給掌聲，而不會因爲掌聲不屬於我，就否定我自己。

每個人都有不同的人生、不同的舞台。每個人都該知道自己的輕重，不要自不量力，也不要否定自己。要你去當一天的郭台銘，你也不一定做的來，要你當一天馬英九，你也不會多開心。要你成爲大美女林志玲，你也不會過得比現在自在快樂。重點是，每個人都要知道自己的位置。

我們不能貪心想得到所有，看到別人有的就想要擁有，很多東西你永遠得不到，得到了也不會快樂，我們要學會一件事，就是：「得不到，就好好的欣賞它！」

我們之所以不快樂是因爲，我們追求太多本就不該屬於自己的東西，追求錯了，又執迷不悟、不甘心、不放手，所以會不快樂。

漂亮的東西，每個人都想要有，但不是每個人都有。你不必爭奪、不必搶破頭，或許，就站在這裡欣賞，也是一件很美好、很輕鬆的事。

那麼就放下「非得要擁有」的心情，認眞的欣賞、眞心的讚美吧。

我想起在網路上看過一篇文章，有個媽媽一直希望自己的小

孩出人頭地，給小朋友補了一堆習、學了一堆東西，但小孩還是成績平平。她很懊惱，但是有一天小孩跟她說：「媽媽，其實我覺得可以在台下幫別人鼓掌，我也好開心！」媽媽頓時想通了。何必逼自己的孩子一定要活在掌聲中，如果他能真心的替別人鼓掌，就算他不是第一名，但是卻是受人喜愛的一名，那不是也很好呢？

如果你不是活在掌聲中，也不要吝於鼓掌。給別人一點掌聲，做個懂得讚美、欣賞的人，也不一定會比台上的人不快樂啊！

不要強求、不要比較、不要嫉妒，我們要做的是欣賞、學習、努力，祝福別人的成功以及學會真心的讚美。

欣賞別人的好，努力成為一個你也會欣賞的人。

得不到的，那就好好的欣賞它吧，欣賞是一種快樂，知足才能常樂。

學會放手，才能得到更多

許多人做著不喜歡的工作，談著不健康的戀愛，擁有一堆食之無味、棄之可惜的曖昧對象，努力的累積Facebook的朋友數，卻在每次需要朋友的時候找不到人陪……

　　有時候我會舉辦我的二手衣公益拍賣會，在整理許多東西拍賣時，常卡在一種「這件衣服很不錯，可是已經很久沒有穿它了，但賣掉又好可惜」的心態，捨不得很多其實並不是不喜歡或不要的衣服，留著明知道可能也不知何時可以再穿，但是賣掉或送人又覺得心疼……最後心一橫，把很多衣服都標上便宜的價格拿去拍賣。因為是做公益，讓自己的得失心少了許多，我喜歡的東西可以找到愛它的新主人，我知道它們會被好好對待，這樣也總比占著我衣櫥空間放到壞掉好。

　　生活上也常遇到類似的情形，我發現我要放手、放棄的東西很多，因為覺得有工作要好好珍惜，有人找我幫忙我不忍拒絕，於是我總是累積了許多自己根本不會做也做不完的工作，每件事都想做好，但每件事都做不好。於是我才知道，拒絕也是工作的哲學。因為我不可能永遠是女超人、大好人。

許多人做著不喜歡的工作，談著不健康的戀愛，擁有一堆食之無味、棄之可惜的曖昧對象，努力的累積Facebook的朋友數，卻在每次想要找人陪吃飯的時候找不到人陪。

我們的生活累積了太多「需要」，卻很少是自己真心的「想要」。只是因為怕改變、怕失去、怕寂寞、怕丟臉、怕自己跟人不一樣，怕不知什麼才是自己真正的「需要」，所以寧可什麼都留在身邊，有總比沒有好。

但是，你卻發現，你擁有了越多，你卻越覺得空虛。當你越想要安全感，你越沒有安全感。當你越不想要寂寞，你卻會越來越寂寞……

於是發現，要讓自己獲得更多的方法，就是清出一些空間、放掉一些貪婪。很多人因為怕沒有人愛，而寧可跟一個讓自己不快樂的對象在一起，也好比沒有伴侶好，至少想吃飯看電影的時候還有人陪，也總比單身好。但是當他們抱怨為何遇不到好男人、好女人的時候，從沒想過，是因為自己跟個不好的對象在一起，好對象怎麼能接近你？

很多人因為害怕追求夢想會失去一切，於是他們寧可過著循規蹈矩、別人替他安排好的人生，然後遺憾終生。我們迷信著擁有越多就是收穫、就是成功。但他們在擁有的過程中，卻也

失去了很多。

我們迷信那些成功者，卻不知道他們或許羨慕著你擁有的東西。因為天才並不一定比你快樂，富翁並不能買到你有的東西，名人並不能自由的牽著愛人的手，公眾人物並不能有暢所欲言的自由。

不要迷信那些成功或順遂，因為我們永遠不知對方其實失去的更多。

有次我看到一句話非常喜歡：「挫折是人生中最大的禮物！」

學會放下那些你不要的東西，失去並不是失敗，失戀也不是失敗，換個角度想，你失去了卻也是人生中的獲得。有一天你會感謝自己遇到了挫折，遇到了第三者，遇到了小人，遇到讓你以為人生走到谷底的人，未來你或許會感謝他們，你才會知道，他們都是你的恩人或貴人，他們教會你很多事，讓你變成一個更好的人。

想想你的人生，有什麼是不需要、不想要，或是沒有必要？丟掉一些，你才有更多空間容納新東西，拋開不愛你的人，你才能獲得心靈的自由，分享更多、先去付出，你才會得到更多。

學會放手，你才能得到更多。

夢想和愛情的兩難

愛一個世界大一點的男人，你也會變得海闊天空。
愛一個小世界的小男人，你只會跟著退步。

朋友在Facebook上寫下了：「不知爲何，當我的事業越順利，我的愛情就越不順遂，難道只能選一個嗎？」

我突然心有戚戚焉，前陣子看了一齣韓劇《還想結婚的女子》裡面，三個三十四歲的單身女子，漂亮、善良、聰明、能力好，其中一個女主角，因爲追尋自己的夢想出國進修，男友以分手相逼，最後女生還是選擇出國進修。另一位女主角和男友在一起十年，爲男友犧牲一切，一天到晚到家裡幫忙洗碗當小媳婦，最後終於發現自我，悔婚離開。還有一位條件優異的單身女子，跑去徵婚聯誼，卻發現，當她年紀越大、賺得越多，能選擇的男性就越來越少。感嘆爲何女人能力越好，卻讓自己的擇偶範圍越來越窄。

我認識一個單身女生列出的擇偶條件其中有一條是「年薪超過三百萬」，而這個條件讓她更難找到適合的對象。我問她爲何要開出三百萬的條件，她說，因爲她的年薪是這麼多，所以

要求男方跟她一樣經濟水平很公平。可是，很多男人看到她的條件，紛紛打退堂鼓。不幸的是，當她賺得越多，可以挑選的男人就越少。

她抱怨：「這個社會，有錢的男人比有錢的女人更容易找到對象。」

我問她：「那麼，你願意讓自己變窮嗎？」

「不願意，感情會變，薪水不會變。至少我有能力，我有選擇的權利。」

或許是自古以來的大男人心態，總是認為男強女弱才是感情的王道。雖然現在時代在變，也是有很多男人懂得欣賞有能力的女人，認同男女平等，但是內心裡還是會希望自己能力比較強，不喜歡輸給女人的感覺。

而最常見的問題就是，當男人辛苦為工作犧牲家庭和生活時，女人的體諒是應該。但是當女人為了工作犧牲家庭和生活時，很少有男人真心的體諒和接納。於是我總是看著許多抱著罪惡感在加班的女人，卻很少看到抱著罪惡感在加班的男人。

電影《穿著Prada的惡魔》裡曾說過：「當你的生活開始毀了，代表你的事業要成功了。」真是令許多身在其中的人感同身受。

很多女人問，在人生中總是會面臨到當事業與愛情、家庭之間發生衝突時，該怎麼辦？我到許多大學演講兩性主題時，也時常會問許多大學生這樣的問題，如果你愛的對象要求你為了他放棄你要追求的學業或夢想，你會選擇愛情還是夢想？

大部分的人說，他會選擇自己的夢想。但是很多人還是很遲疑不確定，不知道自己會不會被影響。也有人覺得愛情至上，否則不就會被認為是個自私的人嗎？

說到「自私」這個詞我突然想到，我也曾經這樣的被批評過。我曾為愛情做過很多「不是我內心真正想做，但為了當一位好女友而必須做」的事，而委屈自己、說服自己這些忍耐和犧牲都是因為愛。

但是長大了一點，我發現，那一點也不是愛，那只是以愛為名的脅迫。如果一個男人不願支持你、認同你，不幫助你一起實現你想做的事、你的夢想，而不斷的否定你，要你扮演不是真正的你，你認為，這是愛嗎？

我遇過不少明明在職場擁有自己專業而發光發熱的女人，她們在笑容的背後卻說，她們的男友並不喜歡她們的工作。有的人不認同她的工作有價值、不喜歡她的工作性質、不愛老是加班出差很忙的女友……很多女人願意站在男人身後，但有的男人連站在女友的身邊都不願。有時令我覺得很心疼。

我也在人生的道路上不斷的遇到兩邊抉擇的困境，我也會因為我的工作、我的曝光，或「兩性專家」這樣的光環或包袱，讓我的感情路上遇到誤解或質疑。曾有不只一個男人跟我說過，如果我越成功，就會離他們越遠。當我每次獲得肯定和掌聲的時候，我總是最希望得到我愛的那個人的掌聲。

　　前男友在分手多年後祝福我：「恭喜你成功。很高興看到你有這麼一天！」

　　我說了：「謝謝你！」

　　但更想問的是，為什麼當我走向成功了，你卻放棄了我？難道我不曾成功，我們才能愛得長久嗎？

　　我也知道有很多女人可以在愛情和夢想、事業和家庭中兼顧得很好、做得很棒，我們努力的蠟燭兩頭燒，做這樣的女人，在夢想與愛情的這條雙岔路上，總是很辛苦，卻又不斷的往前衝。最需要的，還是對方的體諒和支持。如果你擁有對方的支持、疼惜和感謝，那真的是很幸運的事。

　　有大學生問我：「如果我因為追求夢想而和男友分手的話，怎麼辦？」

　　我說：「就算你為了他放棄夢想，他有一天還是會跟你分手，而且是別的原因。」

　　會跟你分手的、會離開你的，總是會離開。即使你為他放棄

再多，也是一樣。這是我這麼多年來看到的經驗。如果可以，請選一個願意支持你、鼓勵你、認同你的另一半吧。或者是，讓兩個人一起成長，一起為未來努力。

我常用我喜歡的作家張小嫻的話與大家分享：「**愛一個世界大一點的男人，你也會變得海闊天空。愛一個小世界的小男人，你只會退步。**」

那麼，你要活在什麼樣的心境、世界和人生，也是你自己選擇的。如果你還年輕，請不要那麼快就讓自己的世界變的渺小，你不知道你還有多少天賦、多少能力，你還有很多夢想等著你實現。**愛情應該是讓你的人生不斷的往上爬，而不是將你絆倒的那一塊石頭。**

任何一個選擇沒有百分之百的對錯，也都有可能後悔。女人更要培養選對愛情的眼光，那麼，請先在愛情之前，了解你自己，你要的人生，你要的夢想，適合你的另一半。了解你自己，你才能找到你真正需要的人。而不是急著了解對方、配合對方，卻忘了自己真正的模樣。

有一次和作家王文華有一場對談的講座，他提到男女生變成熟的方式是剛好相反，男生變成熟是從「自我」轉變為「願意配合他人」；女生則是從「很配合他人」慢慢找回「自我」。

祝福各位女生，在別人的想法之前，請先找到自己的想法，找到真正的「自我」。

　　當你自己快樂了，你才能吸引更多的幸福快樂。

PART 5　社交：

擁有「貴人運」的人，因為她也是別人的貴人！

貴人與小人

抱怨這個世界黑暗並不能改變這個世界，那麼就開始點盞燈，讓世界更美好吧！

　　前陣子的我，其實不太快樂，在工作和生活上，遇到了一些對我不友善、不公平的對待。雖然我一直以為自己是個很樂天、很阿Q、很粗線條、不夠敏感的人，但是遇到那些不知為何總要傷害我的人，說真的我好沮喪。

　　因為，我從來沒有想過要害人、要當小人，甚至我都不會批評別人、在背後說別人的壞話，我一直以為我做人做事很坦蕩，但是不知道為何，總是有人見不得別人好，總要編造一堆不是事實的話，詆毀中傷。

　　我不是個逃避的人，每次有人不喜歡我，我都會直接去問他、去找他，希望把他的誤會解釋清楚。我不介意去面對不喜歡我的人，就像我會約不喜歡我的網友出來見面聊聊，說不定，就能化解他的誤解。我一直是這樣直來直往的人，有誤會就直接說清楚，不喜歡就直接說，不滿意就直接講……這樣不是很好嗎？為何要放心裡，為何要背後攻擊別人？

這樣討厭別人，不會覺得很累嗎？我不懂。

或許在比較有名氣之後，這就是我必須學會的功課，不管是工作、生活或感情上。我都不願意相信那些要傷害我的人是小人，我的人生字典應該沒有小人才是，我不相信他們是壞人，他們一定是弄錯了、誤會了，或他們一定是有不得已的理由，或，討厭我的理由。

我聽過了太多流言，卻連想要解釋都找不到人。因為，我在明，他們在暗。

不過，我這個人的個性有時也樂觀得超過自己的想像，我曾遇過有人在網路上批評我，我覺得他對我有很多的誤解，所以我跑去他文章的留言版具名留言給他，表示想要約他出來聊一下，很多人都很好奇留言的是不是我，也覺得我應該只是開玩笑吧，不過後來對方真的也跟我約了碰面吃飯，看來我應該要很緊張，但其實也沒有，扣除他批評我之外，老實說我也很欣賞他的文筆。

約見面吃飯那一天，他找了很多朋友來（我想他們都是來看熱鬧的吧），我呢，是自己一個人（大家都覺得我很勇敢吧），其實我一點也不害怕或生氣，我是抱著交朋友的心態，於是後來，我們真的變成了朋友，沒事還會出去吃吃喝喝。這

個有趣的經驗也讓我非常難忘，原來很多事情換個角度想，換個心態去面對，就會有不同的結果。用負面的心態去面對，就會有負面的結果，用正面的心態去面對，就會有正面的結果。

當然有時候會很沮喪，為何會遇到別人的誤會和批評，以及惡意中傷的流言，當我沒有對人不好，甚至不認識他時，為何他要這麼對我？所以我在Facebook小小抱怨了一下，難過了一段時間……

但是，我今天坐在這個書桌前，突然這一刻福至心靈……

我發現，抱怨這個世界黑暗並不能改變這個世界，那麼就開始點盞燈，讓世界更美好吧！如果一直抱怨黑暗，這個世界根本不會有光芒。我們永遠只能活在黑暗中自憐，那麼，試著先點一盞燈吧！

不怨小人，先當眾人的貴人。

開始有這樣的想法後，我遇到許多對我不友善的人，也不會再否定自己或用著偏激的眼光看這個世界，我開始用善良、無害的態度去面對他們，當他們拿著刀對我揮舞的時候，我即使有再強大的武器，我都要先放下我的武器，對他微笑。

與其一直否定這個世界，變成一個否定一切又傷害別人的人，不如自己先開始做一個肯定自己、肯定別人的人。我發現，很多傷害別人的人，其實並不是壞人，也不一定是要對你

壞，而是，他們的內心受傷了，他們在傷害你的時候，他們並不快樂，那麼，我們何必互相傷害、互相不快樂呢？

有時候，遇到網友在我的Blog或Facebook留下批評或比較情緒性的留言，一下子看到的時候難免會有點難過，但是我換個角度想，可能是他們心情正不好，或遇到了什麼困難，對我有什麼誤解。

所以我的原則就是，我絕對不跟網友打筆戰，因為如果我跟大家吵架，就顯得我EQ太低了，無論如何我一定要忍下來。為了我的網站，我不希望變成口水戰罵來罵去的地盤，這也會轉移了我本來寫作的焦點和主題，這樣烏煙瘴氣的感覺，不是我想要的。

我會和平的和攻擊我的人說明，不吵架也不會用情緒化的言詞，甚至，我會謝謝他的建議和關心。雖然明知有些是固定來亂的人，我還是不需要去跟他爭奪誰贏誰輸。因為這一點也不重要。

我發現，只要我釋出善意，他們就會轉變態度，有的人不再攻擊，有的人會謝謝我的回應。其實，事情並不是那麼糟，只要你先對人微笑，他再怎麼生氣，也會氣消一點。甚至，因為你的好態度，而改變對你的想法和態度。

經過了許多的磨練，我想我已經練就金剛不壞之身，也讓自己的心胸更寬、度量更好。我想，這是我一生要學習的功課吧，我會努力學習的。在這個社會上，擁有好的態度和EQ實在太重要，誰不會遇到對你不友善的人呢？那麼，如何化誤解為和解，把敵人變成朋友，那還真的是很大的挑戰。

在我心裡，沒有誰是小人。或許曾經是，但他們對我來說都是貴人。因為沒有他們的磨練，我現在也不會成為修養更好、脾氣更好的人。要感謝小人，未來你會知道，他們都是來讓你做功課的，這一門課，不管是好是壞，都是成長中很重要的一課。

小人也是你的貴人。

幫助過我的，不是生來就是我的貴人，而是我也願意幫助他，他就會來幫助我。每個人都怪別人對他不好，別人不主動對他釋出善意，但是往往沒有想過，為什麼自己不主動先對別人好，對人釋出善意呢？

那麼，你就先主動對人微笑吧！

貴人與小人，往往只是一念之間，努力先當別人的貴人，你就會發現，你的人生原來有這麼多貴人！

先付出的人，收穫更多。

不和負面的人做朋友

遇到負面的人，我是說真的，能跑多遠就跑多遠。如果你不希望成為他下一個批評、唱衰的目標，就不要跟這樣的人交朋友。

　　其實說來，我算是個朋友很多的人，一直覺得朋友很多是好事。但是隨著年紀漸長，發現自己的朋友越來越少，也發現自己並不像年輕的時候那麼喜歡交朋友。因為我發現，朋友的數量就算再多，也不如幾個很好的知己。

　　朋友的質感比數量還重要，朋友的好與壞，真的會影響我們的生活和人生。

　　朋友的質感，決定你所帶給人的印象，這是千真萬確的。

　　要觀察一個人，就先觀察他身邊的朋友，就像當你要喜歡一個男生前，也一定要先觀察他的交友圈。所謂的「物以類聚」就是這個道理。

　　以前我一直以為朋友多就是人緣好、受歡迎，所以當別人來跟我做朋友，我都來者不拒，有活動我就會參加，只要有人約我也會把自己的行程排得滿滿的，甚至很多不一定是我喜歡去的地方或聚會，我也會難以拒絕的當個好人去參加。漸漸的，

我發現我一點也不喜歡這樣的自己。

然後，我發現有很多人把你當朋友，卻不一定是你認知上的「朋友」。他們只是想要好處的時候會找你，臨時找不到人了才想到你，甚至他們會跟你裝熟，看到你會熱情的乾杯或擁抱，事實上你連他的中文姓名叫什麼都不知道。

許多人快速的累積自己的人脈，累積Facebook裡的朋友數目，到處說誰是我朋友、我認識誰，我跟誰很熟……然後呢，現實生活中想要找一位朋友談心或吃個飯，還一時不知道要找誰。或許，朋友的定義已經變成了網路上那些一年見不到兩次的「朋友」，但對我來說，這還是有很大差距的。

年紀漸長的我，開始學會如何交朋友，最重要的一件事是學會分辨什麼樣的人比較適合做朋友。也因為成名後會遇到很多人來跟我做朋友，他們說是我的朋友，事實上是因為一些好處或利用，或覺得說是我的朋友可以讓他們交到更多朋友，或說更多我的八卦。也可能是因為我不小心得罪了人，那些原本說是我朋友的人突然把我當成仇人。現在的我，交朋友真的越來越不容易，吃過很多虧之後，除了要保護自己，避免那些居心不良的人，也學會付出給那些真正愛我關心我的人。

我發現一個人的生活和人生觀會受到朋友的影響，想法和價

值觀也是，最重要的是我自己覺得朋友之間的磁場也是會影響你很多。現實上來說，當我們工作越來越忙，生活上的事情越來越多，我們能花在朋友身上的時間相對來說越來越少，既然時間不多了，當然就要花在一些值得交往的朋友身上。

我自己的作法是，我喜歡和正向、善良、陽光、樂觀的人做朋友。（我也發現，每一次只要我辦簽書會或活動時，來參加的讀者，以及我後來認識的粉絲們，都是這一類型的人，所以我很容易跟讀者粉絲變成現實生活中的朋友，我們個性的特質都很相近，這也算是「物以類聚」喔！）

我很害怕遇到很黑暗、很愛批評別人、憤世嫉俗、喜歡罵人、毀謗別人、情緒管理不佳的人，這樣的人我能避免就避免，能不交朋友就不會跟他們交往。與這樣負面的人交朋友，你就會變成跟他們一樣負面思考，成為負面情緒的人，對你來說，絕對不是好事。

要怎麼觀察對方是這樣的人呢，首先負面的人格造成他一定是什麼事情都要爭執的，有人得罪他一定據理力爭到最後，在網路上總是在打筆戰、攻擊別人，凡事不合他的意絕對不給人台階下，譬如去餐廳吃飯時喜歡當奧客。或許當你跟他同個陣線時，你會很開心，跟他一起批鬥別人、講別人的壞話很爽，

但是你要想，如果有一天，你跟他不是同一陣線的、意見不同了，甚至有利益衝突了，他就會用同樣的方式對你，到時你就不會覺得「很爽」了！

負面人格的人在生活上總是有許多向別人吐不完的苦水，吐苦水當然不是錯，而是他們總是不斷的在吐苦水，不管別人的心情和時間，只是自私的希望把焦點放在自己身上。當你關心他想要幫忙他，才發現他根本只是習慣性的抱怨，他不會想要解決他的問題（譬如說一直說自己的男友有多糟，會打她又會劈腿，卻一直跟他在一起），於是你的生活變成了鬼打牆，跟他一起過著不斷抱怨又從不改變的輪迴。我只能說，你真是浪費自己的時間。

負面人格的人看待事物的角度也都不一樣，譬如說我看到別人寫的食記和遊記，我會很開心的謝謝他的分享，也希望自己有一天也可以去吃的好吃的、到處旅行，一起分享生活中的美好。但是負面人格的人就會想到嫉妒、不滿，為什麼別人可以吃好吃的、到處去玩，而自己不行。

還有，他們遇到好事總是會詛咒、看衰別人，有名人結婚他們就會等著看好戲，有人談戀愛就等著看人家分手，我總是不解為何他們不會去祝福別人，為何什麼事情在他們眼裡都充滿了怨念、詛咒和不滿？

遇到這樣的人，我是說真的，能跑多遠就跑多遠，不要想要改變別人的性格或人格，這是無法改變的。如果你不希望成為他下一個批評、唱衰的目標，就不要跟這樣的人往來。即使他在你的面前表現的是好朋友的樣子，他在別人面前說你絕對不是這麼一回事。

他不會真心的祝福你，也不會替你的幸福感到快樂。

看多了這樣負面心態的人，我才知道能夠跟正面思考的人做朋友是多麼快樂的事情。我所謂的正面思考並不是過度樂觀或無憂無慮，而是，正面思考的朋友永遠會鼓勵你，真心希望你幸福快樂，他們會希望大家都好，而不是只有他好，別人不好，別人醜，他最漂亮。

正面思考的朋友會是你生活中的力量和明燈，他會陪你哭陪你笑，他會告訴你什麼事不要做對你比較好，他會把你們的友誼放在利益之前。他不一定會陪你夜夜笙歌，不一定會跟你裝熟，但是，當你最需要他的時候，他會給你正面的支持和力量。

我自己也喜歡當朋友裡面正面思考的鼓勵者，也因為我寫作的關係，我的意見和想法更有影響力。如果我可以幫助朋友，我也一定會好好的扮演好我的角色。

朋友遇到了不好的人、談了不順遂的愛情，我不是只會陪著罵人，然後告訴她世界上沒有好男人。我會告訴她，要怎麼樣不要再犯一樣的錯，自己挑選對象也要注意，我們不該憤世嫉俗，而是要讓自己跌了一跤之後怎麼走得更好。

雖然說，年紀越來越大，朋友越來越少，但我也很慶幸我的生活沒有酒肉朋友，也沒有那些皮笑肉不笑只為了攀親帶故、因為名利抬頭好處才陪笑的朋友，我減少了自己不愛去的社交場合，因為我知道我不屬於那裡。我不會刻意想要多認識一點人，或增加我的好友名單。那些打打招呼、裝模作樣的名人生活不屬於我，雖然我的朋友不那麼多，但是我相信我不必跟他們Social，他們依然是我的朋友。

交朋友是付出多少，得到多少。對於朋友我始終真心以對，不虧待也不利用對方，更不會在背後說任何一個人的壞話。保護好朋友的秘密，而不是為了自己犧牲對方，這才是好朋友該做到的事。

我欣賞積極正面樂觀的人，我也喜歡跟這樣的人交朋友，要讓自己能夠成為一個正面積極的人，就要與同樣磁場的人做朋友。然後一起感染對方，一起變得更好！

好好的看你的好友名單，朋友不要多，朋友要有質感，你想成為什麼樣的人，就跟什麼樣的人交朋友。別人也會怎麼看

你，因為你的朋友，而讓人認為你是怎麼樣的人。

提昇你的質感，也記得要提昇你好朋友的質感。

眞心祝福別人的成功

我一直很害怕女生會講：「這個世界上都沒有好男人了！」
這麼一說，似乎好男人也會飛也似的離你而去。

我發現，這年頭眞心的去祝福別人成功的人，眞的不多。

大部分的時候，我們第一個想法應該是：「爲什麼我沒有？」或是「我有比他差嗎？爲什麼我不能像他一樣？」我們會羨慕也會嫉妒，也會哀怨自己爲何命不夠好，運氣不夠佳。看到別人成功時，能夠眞心的祝福對方，似乎不是一件容易的事。

我也發現，現在有很多人有「仇富」的情結，看到有錢的人就會酸葡萄心理，看到別人有好東西就會厭惡，認爲別人憑什麼可以過比自己好的生活，不管怎樣，只要有錢就是罪過，只要別人享受就是有錯。這樣的仇富心態，實在令人害怕。

我還常遇到許多莫名其妙的人的攻擊，他們只要看到我身上有任何好事，就會不滿，只要我遇到了麻煩或心情不好，就會有人笑我，落井下石。只要我寫一些遊記或吃了好吃的東西很想跟大家分享，就會有人說爲什麼要這麼炫耀。我不懂，我只

是真心的想要分享，一點也沒有炫耀的意思，為什麼他們會把所有事情都看得這麼黑暗？

後來我發現，在那些人的眼裡，所有比他遭遇還要好的事情都是令他討厭的，自己過得好是應該的，別人過得好是不應該的。

也有許多女生，只要別的女生朋友交到男友了、找到幸福了，甚至結婚了，她們會認為「為什麼不是我？」「為什麼連她都可以嫁掉？」「我有哪裡比她差？」

但是對我來說，**成功和幸福本來就不能比較的。每個人的人生都不一樣，本來就有不同的生活，把你放到別人的人生，你也不見得可以過得來、過得開心。**就像你羨慕那些有錢人，但如果給你當一天他，做他的工作、當他的角色會遇到的所有難題，相信你也會覺得做自己比較開心。就像很多人會羨慕那些螢幕上的女星、名模，但是要你當一天她，你真的可以嗎？就像第一名模，是許多人羨慕的對象，但對我來說，我可一點也不想去當她（如果有魔法的話），因為我可能就失去了自由戀愛的快樂，連要嫁給誰都要接受別人的評語，實在好累（還有，要一直維持完美的身材也是很辛苦的事）。

每天打開報紙，總是很多正面和負面的新聞。前陣子鬧得沸沸揚揚的女星離婚新聞，我聽到很多人說，早就不看好他們婚

姻，抱著看好戲的心態，好像只要他們離婚了、鬧出醜聞了，那些好事者才會覺得暢快開心。每次我聽著那些人在看別人的笑話時，我都覺得很難過，如果今天是你的婚姻被人看笑話，你會是什麼樣的心情？

難道，別人失敗、離婚、出糗，可以讓你比較快樂開心，還是讓你比較成功呢？如果別人的失敗並不會讓你比較成功，別人的不幸不會讓你比較幸福，那麼為什麼需要別人的不好，來讓你覺得自己比較好？

我不懂。這麼做，到底對自己有什麼好處？

觀察身邊的許多人，可以看到不同的世界，有的人一直抱著批評嫉妒仇富的心態，不斷的酸葡萄及希望別人失敗。有的人是真的會打從心裡開心或是學習，當作自己努力的目標。

我自己很喜歡欣賞那些比我厲害、成功、有成就的人。看著他們的成功，我一點也不會因為我不夠成功而氣憤不平，我迫不及待的想要學習他的成功，他的人生也是我有興趣想要知道的，那些成功者的故事是我很好的借鏡，我很開心的欣賞那些成功的人，因為我知道只要我願意努力，我也可以做到。

我發現有一種神奇的力量，就是每當你詛咒別人的成功，也就是內心裡否定自己，認為自己不會成功，然後覺得那些成功

離你太遠。於是，你就會一直坐在這裡不斷的詛咒，讓成功和快樂不斷的離你越來越遠。

在《力量》這本書裡面也講到了很多這樣的觀念，你否定了有錢這件事，也就是否定了你會變得有錢這件事。你否定了幸福，也就是否定自己可以得到幸福。負面的力量讓你只會吸引、得到負面的人事物。那麼討厭成功的人，也會討厭自己變成成功的人。當然，他就不會成功。

所以我一直很害怕女生會講：「這個世界上都沒有好男人了！」這麼一說，似乎好男人也會飛也似的離你而去。

老實說，在今年吃了那麼多百年喜酒後，我也曾有點負面思考，覺得自己到底是哪裡有問題，為什麼別人隨便都可以找到適婚的對象，而我卻總是一直堅守著敗犬的崗位。當然這只是一時的情緒，頓時清醒也覺得這樣沒什麼不好，別人的老公送給我，我也不想嫁，況且這本來就沒有誰勝誰輸，每個人的人生都不同，要我嫁給過去的男友，我也會很慶幸我沒有做這樣的決定。人和時間都不對，何必勉強？

換個角度想，只要我祝福了別人的幸福，我就會帶來幸福和好運給自己。看到別人快樂開心，我也真心的替他開心。真心祝福別人的成功和幸福，要先放掉自己的傷痛和自我否定，不要認為自己不好，別人的好就會讓你處境更不好。而是要換個

角度想，如果我可以跟他一樣好，我要好好學習參考，讓自己可以變得更好。

不要吝嗇給別人祝福和讚美。

看到別人開心快樂或成功，學會主動的去讚美他、祝福他。請真心的去做這件事情。任何一個人都會感激你的慷慨和大方，接受到你的祝福的人，**會把他的感謝和祝福帶給你。**如果不習慣這麼做、會彆扭的人，請努力的放開你的心胸，把否定負面的用語和心態拿掉，請讓自己陽光一點，大方一點，大聲的告訴對方你的祝福。

我曾經試著去祝福那些本來不喜歡我、曾攻擊過我的人。其實我的想法很簡單，我不是要去討好他們（或許別人還覺得是我熱臉貼冷屁股吧），我只是很單純就事論事，就算討厭我的對手出了好的作品，我也會去買它、去捧場，我不會因為他對我不友善，而否定他的作品。我寫信跟他說，你的作品很棒，我很喜歡。對方非常的訝異，因為，他曾在網路上攻擊過我。他絕對也不會相信我會寫這種信給他。

我很單純、沒有目的，就算他不喜歡我，不代表我就要討厭他。他有好的作品，本來就應該鼓勵，在創作的路上，大家都一樣辛苦，我能夠體會如果我的作品被人真心的肯定，我會非

常的感動。當然，我們往年的一些不愉快，也就破冰了。

我很開心自己做了這件事。讓我心裡的石頭又放下了不少，讓我更勇敢的面對那些自己以為不敢做的事。開口一點也不難，如果你想祝福一個人，就算你們曾經不愉快過，那又如何？人生還很漫長，有什麼事情不可能？

其實給別人讚美和祝福，讓我心裡覺得更快樂富足。

祝福別人，真心的。不要說些虛情假意的假話，別人看的懂你的關心和善意，讚美對方，不是為了什麼目的或好處，祝福對方，也不是要討好或巴結。

神奇的力量會讓你的正面能量越來越多，吸引到更多好人好事。先讓自己成為一位充滿愛與陽光的人，才能讓更多的愛與陽光關注到你身上。

就算是你再討厭的人，也是有他值得幸福和成功的一面。那是他努力得到的，他應得的。如果你交一個朋友，你也不希望他會是個在你背後詛咒你或希望你過得不好的人。真心的做一個對人好，抱著正面能量的朋友，你才會得到更多益友，和更多人的幫忙。

祝福別人成功，祝福別人幸福。

等你成功和幸福的那一天，會有更多人來真心祝福你。

會說話的女人受歡迎

女人會說話，需要時間的歷練和人生的經驗。人生經驗豐富的女人，講的話越吸引人、越有話題也越風趣。好好充實自己、吸取知識和了解這個世界，懂得生活和人生的樂趣，自然你就會變成會說話的女人。

　　我發現在現在這個時代，女人要會說話才會好命、受歡迎。但是什麼叫作「會說話」呢？

　　在我心中認定的會說話，並不是要你像在酒店工作一樣會討好男人，也不是說只要裝笨撒嬌就會有人喜歡，當然也不是要像政治人物一樣總是想要跟人吵架。會說話的女人，是需要經過人生的歷練和智慧，才知道什麼話該說、什麼不該說，該說什麼得體的話，又要怎麼讓人覺得你是個真性情的人，嘿！這實在是很兩難啊！

　　以我自己來說，我是一個很愛說話，但是以前常會說錯話的人。因為我的個性有時太直爽了，講話太快（我講話很快，因為我想的比講的快），神經又比較大條，所以常會不小心得罪人而自己不知道，或不小心因為真性情而說了不得體的話。所以我常以「三思而後行」來當作我的座右銘，千萬不要因為講

錯話而失禮，經過了許多年後，我才慢慢的找到許多說話的智慧和藝術，當然，我也不斷的在努力當中。

小時候的我，很不喜歡上台說話。舉凡演講之類的活動我都能躲就躲，但是沒想到有一天我成為作家之後，居然開始接了校園演講，本來超害怕與沒有信心的我，在講了幾次後，發現自己愛上了演講的感覺，也慢慢找到講話的方法，面對各種突發的狀況可以從容應對。當然，我有時還是會緊張，但是比起以前，我已經能夠神色自如的在各種演講場合開心的表達我的觀念和想法。以及偶爾開開玩笑讓大家開心。

在這裡分享一些我覺得講話需要注意的重點：

同理心

不管是男是女，說話都要有同理心。因為每個人的背景和狀況都不同，如果別人在困難的當下，你還搞不清楚狀況去虧人，只會讓人更受傷。所以講話前，要先設身處地的想一下對方的狀況。以免傷了人又不自知或出糗。

譬如說朋友剛離婚或被劈腿，不要挖苦他或炫耀自己的幸福，那只會傷人。或知道對方有什麼缺點，譬如說肥胖，不要在他面前批評胖子。很多時候多為對方想一點，自然你會更受

歡迎一些，別人也會感謝你的善良和體諒。

不要愛八卦道是非

許多人喜歡跟別人分享八卦，討論別人的是非。或許說說很
爽，但是我會盡量避免和喜歡講朋友八卦的人當朋友，因為當
下你聽得很爽，你怎麼知道他哪一天不會拿你的八卦去跟別人
分享？

當然每個人都愛八卦，偶爾茶餘飯後聊聊政治名人或藝人的
八卦也是有趣的事，但是千萬不要拿「朋友」的八卦和糗事當
作跟別人聊天的題材。久了你會發現，不會再有人把你當真心
的朋友，因為大家都知道你是喜愛消遣別人的人，對你的形象
一點幫助也沒有。

很想要講八卦、聊是非的時候，除非你確定身邊這個人是百
分百值得信任的人，否則千萬不要隨便八卦。不要讓人覺得你
是這樣的人，你堅守朋友的秘密不和另一個朋友講，或許他會
不開心，但是他內心也會肯定你是一個非常值得交往的朋友。

愛說八卦、講別人壞話的女人，一點也沒有魅力，千萬不要
變成一開口就是三姑六婆的樣子。

誓死保護朋友的秘密

就像上面所說，說話的藝術還有一門很難的就是不要把朋友的秘密講出去。你一定有遇到一些大嘴巴的朋友喜歡把朋友的秘密跟人分享，朋友跟男友發生什麼事、朋友的體重身材的秘密、朋友去整形……有些別人不想要分享的事情，千萬閉上你的嘴。

不只男人討厭這樣長舌的女人，女人也不欣賞這麼大嘴巴的女人。保護朋友的清白和聲譽、保護朋友的秘密，是做人最基本的原則。

很多人問到我寫作時為何會有這麼多題材和靈感，我說很多人願意跟我說他們的故事，給我當題材。而我可以獲得信任的原因是，我絕不會讓人覺得我是在寫他，這可以用寫作的方式來把故事變成題材，別人願意信任我告訴我故事，我自然有保護當事人的任務。

美好的交談見好就收

很多女生不懂「見好就收」的藝術。話講了太多、講太白、講太久。很多男生討厭話很多的長舌婦，即使再喜歡你的男

生，聽到你一直講個沒完，講到他都累了，也會不耐煩。我不懂為何很多女生喜歡拉著男友一直聊天（男生並不想聊），還說如果不聊就是不愛我之類的……但是親愛的，男生本來就沒有女生那麼愛聊天，為何要逼他聽才叫作愛呢？

老實說，很多男生說，女生不那麼愛聊或聊的剛好就知道結束，反而會讓他們更想跟她聊，更想約她。嘿！欲擒故縱不是沒有道理的。

話說得好，不必多，美好的交談要懂得見好就收。講到開心了，差不多了，你就當那個決定說再見、晚安的人，不要等到他想結束。

一直聊下去如果沒有話題聊了那也很尷尬，與其要處在這樣緊張不自在的感覺，不如講到開心就結束吧。結束是下一次的開始啊！

不要巴結或刻意討好

很多女生喜歡巴結或討好比自己有名、資深或厲害的人，像我每次上通告的時候，總是很佩服那些嘴很甜（但甜得很不真心）的女生。任何人（包括當事人）都覺得這只是虛偽的奉承，不要讓自己變成別人眼裡虛情假意的人。

這時候就覺得我的臉皮還滿薄的，有時候怕別人覺得自己是愛奉承或高攀的人，我反而避免讓自己變成這樣的人。

女生嘴甜當然很討喜，會撒嬌當然很可愛，但是要適可而止，不要讓人覺得你對每個人都一樣，或你說話不真心、說話不算話。還有，男生也很明白，巴結的話聽聽就好，真正的交往不是酒店妹那一套。

除非天生，否則戒掉娃娃音

在工作上，老實說我很怕遇到講話總是娃娃音的女生，會讓我渾身不自在（我不是你的男友好嗎），我們認認真真的談工作就好，不要跟我裝可愛。這只會顯得你很不專業。

當然，有些人是天生娃娃音那就算了，但有的人很明顯的讓人感受得出來，她是故意裝娃娃音的可愛撒嬌模式，那我必須跟你說，除了勾引男人以外，你最好不要用娃娃音對朋友或工作伙伴說話。

不然你會造成很多不必要的誤會（招蜂引蝶），別人會覺得你在工作上是個不夠堅定、沒有能力的人。女人愛撒嬌很好，但是不要挑錯對象亂撒嬌。

不要隨意探問人隱私

說話有智慧的女人，會懂得不要太隨意的探人隱私。因為每個人都有他不想要分享、不想講的事情，除非他自己要講，不然你就不要問了吧！

我常覺得自己有特異功能，總是可以猜到哪些女生朋友懷孕（但未滿三個月不能講），或猜到很多人的心事。很多事情放在心裡默默知道就好，對方沒有要講，也不要逼他或令人不舒服。他即使知道你已經知道了，他會默默的感謝你沒有逼問他。

朋友感情有問題，除非他想講，不然就不要亂問。或許別人有不想讓人知道的秘密，你問了，知道了，說不定會變成你的困擾，會讓你心情不好。那還是不知道比較好。（我常覺得有時不要知道太多別人的事，比較輕鬆。）

當個有禮貌的人，不要隨隨便便探問人家的隱私。

不要亂搭訕，講話輕浮隨便

這年頭雖然搭訕人的很多，但是大部分的人總是令人感到很隨便。尤其是女生遇到心儀的男生，千萬不要講話就露出一臉

要流口水的樣子，不要隨便就把自己的底牌露出來，讓對方覺得你是一個很輕浮的女生。（不過話說我喜歡一個男生也常藏不住，但還是要當個有原則的女生。）

不要隨便的、馬上答應別人，不要當沒有原則、說的話都被自己打敗的女生。不要隨便的把自己的秘密和糗事到處跟人分享，或許你覺得很有趣，別人看的角度又不同了。（我也是很容易不小心跟別人講我糗事的人，唉！所以我也在努力改正中。）

女人可以當一個主動引導話題、主動和人聊天，受人歡迎的活潑女生。但請注意，不要活潑過了頭，在不適當的場合講黃色笑話，或講話太犀利，造成別人的尷尬。老話一句，跟我一樣，開口之前，三思而後行吧！

有禮貌是最重要的一件事

會說話的女人受歡迎，我覺得最重要的一件事就是要有禮貌。很多長輩常會抱怨女生看到人不會打招呼，或不會笑。我想這是最基本的吧，打招呼不難，想想看，如果有人看到你不打招呼，你會不會覺得很怪、不舒服？

現在很多女生比較沒有禮貌，沒大沒小，常會不小心得罪

人。禮貌很簡單，請常把請、謝謝、對不起掛在嘴邊，當一個有禮的人，不管到哪裡都會受歡迎。

女人會說話，需要時間的歷練和人生的經驗。人生經驗豐富的女人，講的話越吸引人、越有話題也越風趣。不知道該開口說什麼話，或怕自己沒話題聊，最好的方法就是好好充實自己、吸取知識和新聞，了解這個世界，和努力的過生活，懂得生活和人生的樂趣，自然你開口能講的話題又更多了。

再來，不要怕講話，也不要怕主動開口。自己可以打開友誼的一扇窗，為何又要等人來替你開窗呢？

努力做一位會講話、有魅力、受歡迎的女人吧！

我們一起努力唷！

PART 6 金錢：

女人如果把談戀愛的心思和時間花在工作上，
或許你現在的存款就是兩倍了吧！

別把你的女兒嫁給錢

我認為衡量一個男人好不好、值不值得嫁的標準，並不是有沒有錢，而是人品、責任感、上進心和兩人的價值觀。

最近一直聽到很多女生說，媽媽一直逼她只能跟有錢的男生在一起。

於是她們跟媽媽吵架，因為父母總是抱著「貧賤夫妻百事哀」「自己也是苦過來，所以不希望女兒吃苦」的心態，不准女兒與家境不好、薪水不高、職業沒什麼了不起的男友在一起。一直以來，聽到很多女生有這樣的困難，我內心也常在思考著、矛盾著，到底該站在哪個立場？

父母永遠是為你好，不容置疑。但是，他們對你的好，真的是你要的好、真的未來一定會更好嗎？或是，你不聽老人言，一定會吃虧、一定是錯誤、一定會後悔？

有時候，我覺得自己的立場像父母，有時候，又覺得自己像是女兒。總是聽到太多這樣的例子，內心百感交集。

有個女生一直被家人安排相親，相親對象都是爸媽口中的「一輩子不愁吃穿」家有恆產的田橋仔……她每次都很抗拒，

反問父母這種有錢人不用工作遊手好閒有什麼好，父母說，不用工作就有錢不是更好，以後你就不用吃苦了。但是她遇到許多都是驕傲的敗家子，認為每個女人接近他都是因為他的錢，更慘的很多還長得很像神豬，父母說外表不重要，但是她也沒辦法閉著眼睛勉強自己，更何況她根本不想跟這樣的紈褲子弟在一起。

有個女生有一位從學生時代便穩定交往多年的男友，但是媽媽一直反對他們在一起，連男友一面也不想見，就一直叫她趕快趁著年輕分手、找個好對象嫁了。她問媽媽：「在你眼中什麼是好對象？」媽媽說：「有房有車有錢，條件好就是好對象。那你的男友有房有車嗎？」她問：「難道人品就不重要嗎？」最後不斷跟母親爭執，她不懂為何媽媽不重視對方的人品個性，卻只在乎有沒有錢？

很多女生談戀愛，交往對象被家人否定，往往是因為「沒有錢」的原因。甚至對方父母職業好不好、稱不稱頭也很重要，有的只在乎男方家裡有沒有錢，而不問男生自己會不會賺錢。有的拚命叫女兒與律師醫生約會，彷彿只要當了律師娘、醫生娘就很風光，一輩子不愁吃穿、走路有風。

有的父母總是把「錢」當作女兒擇偶的衡量標準，只要男人沒錢就免談。拚命把女兒推往他們覺得職業好、條件好、有錢

的男人，只要對方有錢就趕快介紹給女兒認識。有時不免令人覺得，這樣把自己女兒當作什麼呢？雖不至於像古代人賣女兒當賺錢的工作，但是，一味的只用金錢作考量，不免令人覺得勢利得好像「人肉市場」。

如果只用金錢來考量，有房、有車、有多少聘金才能讓女兒嫁過去，這種心態，跟買賣有什麼差別？

但是，換個角度來說，我百分之百的相信所有的父母都是為了子女好，怕小孩吃苦也是天經地義。他們的出發點是好的，誰又希望自己的孩子過得不好呢？父母經歷了這麼多年的人生，他們有的經驗和智慧是我們值得參考的，只是，他們或許不會用恰當的方式表示，或他們過於一味的認為「這是為你好」，卻不一定適合自己的孩子。

以我自己來說，其實我也曾很叛逆的覺得愛情最偉大，我從沒有把男生的經濟能力當作選擇男友的條件，只要我自己喜歡就好。我也很慶幸有很尊重我的父母，從來不會要求我去認識男生、去相親之類的，甚至從不把結婚掛嘴邊、從不逼婚，只要我過得開心，自己賺錢，有能力生活就好。所以我可以照自己的想法過生活，我認為我運氣很好，有這樣尊重我的父母。

過了幾年，我也漸漸的了解很多為人父母的苦心。我也相

信「貧賤夫妻百事哀」，如果沒有錢真的會影響感情（不過為錢爭吵不限有沒有錢啦，有錢人也會為錢吵架），如果要找對象，基本上經濟上不能有問題，有基本的經濟能力、賺錢能力，才能讓生活過得順利。

只是要有多少的經濟能力，依每人的標準而不同。以我務實魔羯座的立場來說：「存款比愛情堅定不移！」我是一個沒有麵包就沒有安全感的人，若自己都吃不飽了怎麼去談戀愛？我絕對不會為了愛情放棄麵包的。這一點，我是務實，而不是現實。

愛情與麵包二選一，一直以來是很多人問我的問題。我一貫的答案就是：「**我絕對會選擇愛情，因為我有麵包。**」沒有麵**包的人，才必須要二選一，而如果把愛情當麵包，有一天愛情沒有，麵包也沒了，就只能餓死。**你有你的麵包，我有我的麵包，我們才能平等的談純粹的愛情。就如同我可以照自己意思選擇我喜歡的對象，而不是為了麵包去選擇愛情。

我一直覺得看一個男人有沒有錢並不能只看他的家境，而是他自己有沒有賺錢的能力。企業可以一夕崩盤、醜聞下台，豪門淪為階下囚的例子多的是，所謂富不過三代，如果這個男人只是個敗家子，整天只會花錢不會賺錢，才是最可怕。很多有錢人的錢是看得到吃不到，很多都是假的，市面上假小開都很

吃得開，事實上戶頭可活用存款說不定比你還少，未來嫁給他才知道他還要請款才有錢，然後你再跟他請款，打腫臉充胖子扮演別人眼中的貴婦。

有個女生因為家裡窮，被家人要求嫁給有錢人，風風光光的結婚了，後來才知道老公其實沒有經濟大權，還是要領薪水，然後過著請款的生活。生活又處處受限不自由，她想去找工作也被夫家阻擋，覺得女人不應該拋頭露面去賺錢，老公外遇也被要求要隱忍。後來離婚了夫家算得清清楚楚，連當初買房子給她家人和當初送的珠寶聘金都要收回。

長輩認為有錢才不會吃苦，才能過好的生活，但事實上，有錢也不代表你一定不會吃苦（你要吃的是別的苦），過好不好的生活，其實因人而異。有的人需要很多錢才覺得自己生活過得好，但有的人覺得錢夠用就好，腳踏實地、一起努力也過得很開心。

每個人要的「好日子」定義不同，只要不要窮到不能生活、負債失業，不知道下一餐在哪裡就好。

你要名牌包、開名車才快樂，說不定別人不需要靠名牌包、開名車才覺得自己快樂，又何必把金錢當作幸福的衡量標準？

我認為衡量一個男人好不好、值不值得嫁的標準並不是有沒有錢，而是人品、責任感、上進心和兩人的價值觀。

　　人品端正很重要，品格不正有錢也沒用。男人的上進心比有沒有錢重要，重點是賺錢的能力，就算他現在沒什麼錢，也是個績優股，有上進心願意努力奮鬥才重要，沒有上進心，有多少錢都會被他燒光。

　　責任感是我覺得男人最需要必備的，有肩膀的男人才值得你依靠一生。言出必行、說到做到，做比說還重要。

　　最後是兩人的「價值觀」一定要相近，金錢觀、思考模式，對很多事物的觀念要接近。所謂的「門當戶對」有一定的道理，但我認為是「價值觀」上的門當戶對，以及「生活形態」的門當戶對。有共同的觀念想法和生活習慣才能長久。

　　人品、責任感、上進心和兩人的價值觀，這四點，比有沒有錢重要太多了！

　　就算天下無不是的父母，我覺得還是需要溝通。在父母的「為你好」以及你自己要的「好」，是需要溝通得到共識的。

　　這是你的人生，你必須自己負責、自己決定！

　　雖然在這個越來越現實的社會裡，能追求單純的愛情早已不容易。但是，請別讓麵包來決定愛情，別用錢來決定你的幸福！

因為別人眼裡的快樂，並不一定是你內心的幸福。
別把自己嫁給錢，因為幸福不是用金錢可以計算。

不要跟小開交往的十大理由

小開就是賭場，你就是賭徒，永遠只有賭場賺錢的道理，你只是以為自己可以贏錢的賭徒之一。

從前常聽，很多女生有「星夢」幻想變成大明星，所以遇到色狼、詐騙集團被劫財劫色。現在聽到，許多女生有「小開夢」幻想麻雀變鳳凰，所以遇到假小開、壞小開，而被騙財騙色，甚至騙感情。

看著現在許多電視節目，很多大學生講著想要跟有錢人在一起，許多女孩看著報上的名媛每天名牌包提不完羨慕不已，看到電視每天講嫁豪門，就把它當作擇偶標準、人生夢想。於是，許多人把「錢」當作談戀愛、結婚的第一標準。

當這個社會越來越物質、現實、笑貧不笑娼，「嫁給有錢人」成為許多人認定是改變命運、不勞而獲的致富捷徑。最受歡迎的，當然就是所謂的「小開」這個角色。

這年頭，只要有營利事業登記證的都可以冠名為「小開」，不管你賣什麼。只要小開加持，醜男也發光。所以這些小開們成為深受單身女性歡迎的角色，漸漸的，許多新的詐騙集團誕

生，就是披著小開外皮的狼，這些人可能是假小開，或是眞的有「開」什麼但實際上比你還窮，或是什麼都沒有只是「開」了一台好車，也有可能眞的是家有恆產或暴發戶，夠有資格稱爲「開」字輩……

但是，大家都說小開好，媒體都說小開不得了。這一篇文章就是要來澆冷水，不好意思，事實上根本不是這個樣子。十個小開，好的只有一個。

小開就是賭場，你就是賭徒，永遠只有賭場賺錢的道理，你只是以爲自己可以贏錢的賭徒之一。

我想要拯救這些懷抱有「小開夢」的無知少女，不好意思，大部分的小開眞的跟你想的不一樣。就算是文章不中看、說話不中聽，我還是要幫助許多即將或已經踏入「小開夢」不歸路的女孩，這個社會處處告訴你有錢眞好，你所不知的是，有錢背後要付出的龐大代價，在你向錢看、把錢當作擇偶的第一條件時，請先看完這篇「不要跟小開交往的十大理由」。

第一，很多小開都是「媽寶」

關於媽寶的定義，我曾在之前書裡文章中寫過〈我們不愛媽寶〉：「所謂的媽寶就是『媽媽的寶寶』，俗稱還沒斷奶、長

不大的成年男人，又可稱假孝順眞懦弱的不獨立男。」

必須要聲明，媽寶和孝順是兩回事，我們喜歡孝順的男人，但我們不愛媽寶。許多人告訴我關於與小開交往過的血淚史或鄉野奇談，十個人有九個人都會寫到小開的媽媽。

我一直很好奇爲何小開們特別容易比一般人成爲媽寶，曾聽過一個長輩的說法，她說因爲小開的媽媽嫁給小開的爸爸（小開的爸爸或爺爺才是眞正有錢的人），爲了鞏固在豪門的地位，小開媽媽一定會努力生兒子。

這位長輩解釋得很有意思，因爲小開的媽媽靠兒子才能獲得地位，所以兒子就是她的命脈，只要握有兒子就擁有地位的她，當然努力把兒子培養成很聽媽媽的話，只要兒子聽話，她就能支配自己和兒子的命運。讓兒子聽話的方式除了嚴格的控制，就是金錢的支配，媽媽會說：「如果你不聽我的話，休想拿到半毛錢！」

這麼說來，媽寶也是建立在「利益」上的妥協。自古以來都是只愛江山不愛美人的男人，少有爲了美人拋棄江山的男人。是吧?! 一段愛情，和可以繼承幾億遺產的利益，大部分的男人還是會選擇後者。不要說男人了，或許女人也是，這就是人性。

我聽過有個女生朋友最近與男友分手，女生也是條件很不

錯、擁有令人稱羨的工作，但討論到結婚，媽媽就要求男生與女友分手，因為他媽希望他結婚的對象是家大業大的千金，可以為他帶來幫助和好處的。然後此男就與女友分手了。

於是乎，許多媽寶只要丟下一句「我媽說⋯⋯」然後就落跑，反正千錯萬錯都不是他的錯，是他媽媽的問題。有個曾深受其害的女生跟我說：「那些媽寶要找對象就直接請媽媽幫他配種就好，不要以為可以自由戀愛啦，只會傷及無辜、遺害人間！」

你一定要能分辨孝順跟媽寶的差別，還有，他老是說要回家陪媽媽，你要確定那真的是「他媽」。

第二，很多小開都是生活白癡

不知為何很多小開都是生活白癡，我曾見過有小開住在外面，從來不倒垃圾，積了三個月的垃圾在家都發臭，原因是他從小到大都沒到倒過垃圾，更別說家裡的慘狀。還有的人生活習慣超級差，什麼東西都往地上丟，從來不懂得收東西與丟垃圾。後來才發現，因為他們從小到大在家裡一定都有傭人，住家裡就像住在飯店裡，垃圾放桌上就會有人丟、東西丟地上就會有人撿，生活早已被照顧得太好，一輩子沒有去倒過垃圾

（他們應該沒見過垃圾車長什麼樣子吧）、也沒有操作過洗衣機、更別說洗碗或拖地。

不過別說小開，也有很多人本身就因為家庭照顧得太好，而成為生活白癡。當然也有人因為出國念書或在外地生活，變得很懂得照顧自己，但是小開的生活白癡比例真的比較高。也因為從小被傭人伺候慣了，如果你跟他交往，那些「鳥事」就變成你要做的，因為他認定這是你該做的，不是他該做的。

有女生朋友跟小開男友出國後抱怨連天，因為整個假期都是她在幫他收行李、洗內褲、整理他隨手亂丟的東西，或找他因為亂丟遺失找不到的東西。就像個老媽子一樣，我只能說，除非你慶幸嫁給他後還是有傭人，否則以後的傭人就是你啦！而不管有沒有傭人，那種君子遠庖廚的大爺態度，或凡事要順著他意的少爺心態，要改變，實在太難！除非你本身就是擁有奴隸性格的人。

第三，小開很少有真心的朋友

根據我的觀察，他們大多擁有兩類的朋友，一類是酒肉朋友，因為他有錢、會付錢，所以朋友喜歡跟他出去，所以我曾見過有小開出手大方，身邊一堆白吃白喝的朋友，他什麼都會

請客，甚至連上酒店、找傳播妹、去嫖妓都可以請客，大家也樂得開心，這些人表面相挺，會稱他大哥，事實上都是爲了利益。

另一類朋友就是表面上社交的禮儀之友，這一類的朋友通常都是同個圈子的小開界，或是工作上認識的泛泛之交，他們謹守著點頭之交的原則，看起來都是朋友，看起來也很多朋友，但事實上都是很表面、很膚淺、很社交、很冠冕堂皇的交情。

因爲小開們通常很重視形象，怕做什麼事讓媽媽生氣或讓家族蒙羞，所以即使他有什麼心事、隱私或不堪的難題，他都不敢跟別人分享，怕傳出去會丟臉。更何況這些人都是家族或長輩之間有互相認識的，他還是要維持禮數、面子，很表面的應對。

還有，他怕與朋友太交心，因爲他覺得別人靠近他有可能都是爲了利益。不過有趣的是，可能他交朋友也是爲了利益，因爲大家都是小開，在工作上商場上好辦事，所以他願意去跟別的小開裝熟。

我曾遇過一個小開失戀，在網路上跟我抱怨，我好奇的問他：「那你不會跟朋友訴苦嗎？」他說他朋友根本連他有交女朋友都不知道，怎麼去講？太丟臉了！而且他交往的對象也上不了檯面，帶出去人家會以爲他帶飯局妹，所以根本不打算告

訴朋友。

我才知道，原來有些小開覺得你配不上他，他不會介紹重要的朋友給你認識。但如果他介紹給你認識，那也是那群會幫他Cover的酒肉朋友，不必太高興，因為他昨天也帶別的女生跟他們出去玩。

第四，沒有錢，他們什麼也不是

曾有朋友說：「那些小開有什麼了不起的？沒有錢，他們什麼都不是！」

的確，如果把「有錢」這個條件拉掉，其實他們並不一定比別人好，說穿了，怎麼可能長那麼醜、那麼胖，還會一堆女人愛？重點就是有錢，醜男也會發光。

但是我很不喜歡的就是，有一些小開心術不正，他們總覺得每個人都是為了錢靠近他，每個女人都是為了錢愛他。

以前遇到這種男人，我也不想要被他以為我是這種女人，跟他們吃飯我一定丟錢在桌上，老娘又不是沒錢吃飯，吃大餐我也出得起，何必要被他請客還要被冠上「為了錢接近他」的遐想？

其實我覺得他們凡事以錢作為衡量標準真的很可悲也很可

憐，戴上有色眼光看每個人。他們遇到女人，就想用錢追她，覺得花大錢哪有追不到女生的道理。

又想花錢追女生，又怕人家愛他只是為了錢，這不是很矛盾嗎？

他們覺得他有錢、他出錢，你就要聽他的話。有的小開因為酒店去得太多了，他說走在路上看到漂亮的女生走過來都在想「她是哪一家酒店的」，連遇到一般正常的女生都把人家當酒店妹看待，要女友在床上還要像酒店妹一樣服侍他。有時他們傻傻搞不清楚嫖妓和交女友的差別，反正都一樣是花錢。

如果你只是個用錢就可以追到的女生，也不能怪他搞不清楚你是飯局妹還是酒店妹。他可以用錢追你，也可以用錢追別人，女人對他來說只是標價的商品。

第五，暴發戶心態，狗眼看人低

有些小開（不一定是小開，很多有點錢的男人皆是）怕別人不知道他有錢，因為他也長的不出色、也沒什麼特別吸引人之處，唯一要引起別人注意的就是要看起來很有錢。看起來很有錢的方法就是全身名牌（而且一定要有Logo）、開一台好車，然後開口閉口說自己是誰的朋友。

我曾看過一個擁有兩台上千萬跑車的田橋仔，全身名牌Logo閃閃發光，最後我受不了走到他旁邊，把他那個某品牌大Logo的鑲鑽項鍊放進衣領內，誠懇的告訴他這樣並不好看，可不可以低調一點。他堅持要開千萬跑車載我去飆車兜風，但我個性務實、不愛刺激，更深信「生命誠可貴」的道理，除非我先買好千萬意外險準備遺愛家人，不然我才不要跟他共赴黃泉路。而且，我對跑車真的一點興趣也沒有，用跑車把妹這招，對我無效。

以為有錢就可以瞬間改變好品味、大變身，怕人家不知道他多有錢的人，通常不是豪門大家族，真正的豪門通常都很低調，反而深怕別人知道他有錢。那些鋪張的人通常是田橋仔或一夕致富的暴發戶。很多喜歡虛張聲勢、瞧不起人的，都是暴發戶而非豪門貴族。

他們很容易瞧不起人，尤其有一點各位一定要觀察，我發現這些人通常上餐廳吃飯，只要菜不合意、服務生服務不周到，他們馬上會在餐廳破口大罵，一定要理論、找經理出來，搞得女生在旁邊很尷尬。我只要看到這種男人，就算只是朋友，我也會躲得遠遠的老死不相往來。你以為你是誰啊，人家餐飲業服務業也很辛苦，就算不好吃不滿意，可以委婉客氣的說明，不必理直氣壯的侮辱人吧！

我也聽過有田橋仔說他只喝波爾多一級酒莊的紅酒，其他統統都是紅酒醋。我只能說，那些一級酒莊的酒被他喝到肚子裡好可憐。

　　有錢並不能買到好品味，這一點在暴發戶身上可以很明顯的見到。他可以花錢什麼都買最好的，但是也可以把名牌穿成A貨、路邊攤，讓你為名牌哭泣。

　　不過有人認為有錢就好，管他醜得像鬼、肥得跟豬，沒品味到令人落淚，他只要看到鈔票就開心。我只能說這種人買不到真心的愛，得不到真心的尊重。跟暴發戶在一起，除非你演技夠好，能真心喜歡他金光閃閃的人生，不管他長怎樣都誤以為他是金城武，否則實在很辛苦。我只能深表佩服。

第六，玩玩的、交往的、結婚的對象是不一樣的

　　很多小開分得很清楚，他們會玩、會把妹、會去酒店，也會交女朋友，但是結婚的對象大多不會是她們。這就是我想跟很多無知的年輕女生說，你們喜歡小開、想跟小開交往，但大部分的情況是，他也不會跟你太認真，說難聽一點，大部分的都是被白玩一場，最後他會人間蒸發或媽寶上身，告訴你，你不會是他可以帶回家、可以結婚的對象。

他們也因為小開的金袍加身，所以根本不怕沒有女生喜歡他，只要開一台好車，想跳上來的女生多得是。很多女生以為努力和小開發生關係、在一起，自己就往財富之路邁進，事實上是，他只是跟你玩玩，後面要取代你的女人多的是。不要再傻傻的被玩了！

老實說，每次看到電視上或聽到很多女生在講要跟小開交往……我都忍不住覺得，如果我是小開，我不玩你要玩誰？女生有「小開夢」，樂得有小開假借實現她的夢想，滿足自己的欲望。

是說，女人要有骨氣一點，活得好好的幹嘛非得要攀附小開，幹嘛要被他玩？

不要再抱著麻雀變鳳凰的心態，以為自己可以成為特例、成為他最後一個女人，別傻了，就算結了婚，也不代表你就是他最後一個女人。

女人要懂得認清自己，不要一直抱著要找到小開或名牌男友來讓自己的身分沾光，換個角度想，你有什麼優勢是他非你不可？如果你不夠好，又不進步只想要找到汪洋中的浮木，總有一天浮木走了，你也會溺死。那個抱著浮木的人，為什麼不自己學會游泳？

女人要不就好好的充實自己、培養自己，讓自己成為有價

值、有選擇權的女人。不要再當人肉市場上那些攤子上的肉，展示著青春的肉體任君挑選，那實在太廉價。因為永遠都有比你青春比你鮮美的肉體，女人要靠這點生物本能來獲得愛情、尋找幸福，那可真是史上最蠢的事。

何苦跟一群青春肉體競爭那些只愛青春肉體的男人？世界上還是有很多不膚淺的好男人值得你託付一生。為了膚淺的男人讓自己變得更膚淺，那是笨！

女人要腦袋清楚，才會好命。要認清一件事，你玩不起的，不要成為他口中的下一塊肉。

第七，小開的婚姻幾乎都是利益交換

大部分的小開很難自由戀愛選擇對象（除非他自由戀愛的對象也是千金之類），因為他們的婚姻大多都是父母拿來利益交換、政治聯姻、商業結合的工具，也是難得有特殊的例子，但是除非你的背景夠硬、你的身家也不差，否則在這個家庭是沒有地位和發言權的。而且身分懸殊的太多，真的能幸福走下去的少之又少，因為嫁過去辛苦的日子才正要開始。

我聽過不少女生嫁過去不能工作（也不代表有錢花），也不能拿錢回家，回娘家的機會少之又少，婆家理所當然的要你什

麼都配合、都聽話，有的連自己的社交生活也受控制，跟朋友吃飯不能太晚回家，不能常出國玩（會被婆婆罵），總之就是當個聽話認命的小媳婦，過年就是整個年假都待命。

還有人說要陪婆婆每天一起看鄉土連續劇（也就是說吃飯時間是不能出門的），有個女生說，自從嫁過去，連自己的時間都沒有，週末也通通都是家庭日，結婚兩年原本喜愛閱讀的她卻連一本書都沒看完過，不管她做得多努力，婆婆還是看不順眼，吃別人的喜酒就諷刺說人家娶的媳婦多有來頭，這婚姻撐不到兩年最後還是離婚。

身分地位懸殊太大的婚姻，只會讓自己辛苦受委屈。

第八，小開沒有你想像中的有錢

很多人以為小開一定很有錢，其實很多都不是，很多只是空殼（看起來有錢事實上是打腫臉充胖子，或名號看起來很稱頭但是名不符實），大多數都是父母的金援，錢都是在爸媽或爺爺奶奶身上（除非你能等到他父母都不在），他也不過就是領零用錢過生活，說不定零用錢比你的月薪還低。基本上，他們是經濟不獨立，或沒有支配自己金錢的能力。

很多人以為跟小開在一起就可以過著一擲千金的生活，錯

了！他頂多在剛追你的時候會請客送禮物，讓你開心，加上小開大多都會開名車（因為車子也是家裡買的），但是在一起、結婚後才知道，其實你根本是花不到他們家的錢，別傻了！

有的女生跟小開交往得到的結論是，基本上車子和房子是一定會有，因為家裡都會準備好給他，但是其他的，尤其是錢的部分的掌控權都在父母手上，他跟父母拿零用錢生活費，你再跟他拿，想想，你能拿多少？如果你太奢侈也一定會被婆婆罵，有女生說她婚前買的名牌包比婚後還多，就算婚後拿自己的錢去買包包還會被婆婆說怎麼那麼愛花錢？實在是有夠悶！

其實很多名媛表面風光，事實上根本沒大家想像中的奢侈，有的名媛是因為自己家境本來就好，買東西是花娘家的錢，不是夫家的。很多媒體會吹捧說他們多會花錢，事實上那些包包都是品牌公關借去拍照的啦！

如果你心有邪念，覺得嫁給小開就是等著花錢，那你更會被那些「空殼」小開所騙。如果要靠小開領家裡的生活費過日子還要看人臉色，為何不找個自己會賺錢、白手起家、有上進心的「績優股」呢？

靠自己能力賺錢的男人，才是擁有百分百經濟獨立和支配權的人。

我一直覺得靠山山倒，靠人人跑，與其一直在找飯票，因為

經濟的關係去委屈妥協自己的人生，看別人臉色吃飯，不如女人自己努力點靠自己賺錢、存錢吧！要找條件好的男人，就先把自己的條件弄好吧。

第九，十個小開九個花心

有朋友說，十個小開九個花心。我說會不會太悲慘了，她說：「好吧！那八個花心，剩下兩個一個已婚，另一個是Gay或未成年！」

當然我相信有不花心的、有好男人的，我也認識不少這樣的好小開，不過說真的，大部分都是已婚，剩下的可能長得太抱歉或是未成年，或你很難遇見。其實不是小開花心，如果我是小開，每天有一堆女人投懷送抱，不想花心也難吧?! 我相信他們不是真的想花心，是因為選擇太多、誘惑太大，不得不花心。

有人以為結婚後的小開應該就會收斂吧，你錯了！很多明星藝人名女人的小開男友都是夜店咖，哪有一個已婚男人會一個星期去三天夜店？這是真的，而且他們根本不怕自己的已婚身分，如果老婆是明星反而可以沾光，多的是女生想認識他們，結不結婚，對小開來說一點也沒差。我就曾見過許多媒體上是

標準好老公的小開，老婆還是大美女、廣告名媛、大明星，正到你會覺得這男人根本不可能會想看別的女人一眼，錯了！他們還是照樣很花心，而且根本不怕老婆知道。有的人還可以在老婆面前摟著其他女生聊天。

很多女人傻傻的，以為可以收服小開，當他最後一個女人，甚至拚生子來綁住男人，其實大錯特錯！他要玩、要花，根本跟婚姻家庭無關，除非你願意跟這樣的男人在一起演著假面婚姻，看在錢的分上讓他光明正大去玩，跟別人共享老公，每天看著他去夜店、去酒店把妹……如果這是你要的生活，就去吧！

對了，就算他外遇也不會有人幫你的，因為他的家人會告訴你：「哪個有錢人不外遇，沒有三妻四妾呢？」

第十，小開通常有「王子病」

現在很流行說女生有公主病，相對而言，很多小開也有「王子病」。這麼說來，有公主病的女生應該很難跟有王子病的男生在一起吧？

很多小開被照顧得太好了，覺得地球繞著他轉，別人都以他的意見為意見。家裡有傭人有司機，想幹嘛就幹嘛，很多也從

沒吃過苦、靠自己在社會上賺過錢，以為自己是王子就算了，還瞧不起沒他命好的人，在他們眼裡，真的有階級制度。

很多年前我曾跟一個小開朋友約吃飯，約在餐廳見面（我不喜歡人家來家裡接我）我到的時候他問我怎麼來的，我說：「搭公車啊！」他天真無邪的說：「真的喔！我這輩子沒有搭過公車和捷運耶！」當場我無言。

我覺得男人沒有吃過苦（譬如說當兵之類）或沒經歷一些社會經驗（很多小開是不用工作的，掛名公司的小開或老闆是爸爸不算真正的工作）是很恐怖的事情，因為他完全不知道這個社會真正的模樣，跟這樣的人在一起生活不是一件風險很大的事情嗎？

小開王子通常還會嫌棄女友的環境、朋友和工作，除非你也是貴族，否則其實他的內心是看不起你的。我聽過很多女生被小開男友嫌東嫌西，嫌沒有氣質、上不了檯面、嫌工作不好、嫌你家人沒水準。而且他們最喜歡的是漂亮的花瓶（但不能笨），凡事點頭順他的意，絕不能讓他丟臉，你就只是個擺著好看的芭比。

聽過有的小開和女友約會，因為女友穿得不夠「時尚」而要她回家換衣服再出來，還有人自己可以抽菸喝酒上酒店，但女友不能管，也不能抽菸喝酒去夜店。凡事都是雙重標準，誰叫

他是王子？

　　跟他在一起，你就像個老媽子，伺候一個媽寶、一個王子。做得好是應該的，做不好是你的問題。

　　　＊　　＊　　＊

　　這年頭會有這麼多「假小開」「壞小開」作威作福，都怪媒體吹捧，還有這個社會的價值觀，甚至父母也深信女兒一定要嫁給錢，才會像別人一樣幸福。（但是你們看到的是真實嗎？）

　　各位姊妹，不要再傻傻被那些小開玩弄、被他們騙了，事實上是你也要改正自己的價值觀。有時我想那些壞小開為何會吸引到這麼多女人，那是因為女人也心懷不軌，太看重小開表面上的物質誘惑，而別人拿出一點誘餌，你就上鉤。

　　我知道還是有好的小開，但真的是少之又少，不是結婚就是別人的，除非你要等未成年的長大，就算被你遇到了喜歡的，但他說到底也要讓家庭決定他的人生。

　　為了避免那些無知少女再做小開夢，然後被騙被玩，在這裡誠心的說，與其找小開，不如找個可以決定自己人生、經濟獨立、有肩膀、有能力有上進心，可以跟你一起為未來努力經營

的「績優股」吧！那真的比小開好上萬倍！

　　管他什麼小開，先把自己的條件、自己的內外在努力充實好、培養好吧，等你自己變得更好、更有能力、更有選擇權的時候，你可以挑的男人會更多、更好的！

　　為了怕不必要的誤會，我必須先聲明，我並不否定小開這個角色，我也認識很多「好」小開，他們都認真上進不炫耀也不驕傲，不過，他們都不是我交往的對象。

　　本文所述是那些十分之九的壞小開和假小開，為讓無知少女減少受騙機會，也認清期望與現實的落差，所以決定寫這篇很不中聽但絕對寫實的文章。

　　希望對許多懷有「小開夢」的女孩有所幫助。

養成有錢女人的體質

沒有窮女人，只有懶女人！女人要有錢，要先改變自己，學習那些有錢
女人的成功個性特質。

　　常見到許多有錢、成功、有魅力的女人，認識了一些在每個
領域各自有傑出表現的女人，我總是認真的觀察她們的特質，
學習她們的精神……

　　慢慢的，我找到了這些令我欽佩與喜愛的女性們的共通特
質，我也用這些特質去觀察許多年輕的女生、有潛力的女人
們，漸漸發現，一個女生不管出身多低、條件多麼不出色，但
是只要她們的人格特質具備有哪些條件，你可以知道未來她一
定會成功，成為幸福、快樂或有錢的女人。

　　所以我把我自己觀察的想法寫出來與大家分享，讓我們在想
要成為有錢的女人前，先好好的審視自己的個性和態度，有時
候的確是「個性決定命運」，你需要轉變一下自己的想法或個
性，才能成為你所欣賞、所羨慕的那些女人，培養自己成為有
錢女人的體質。

施比受更有福，大方比小氣更容易有錢

我發現我認識的許多有錢、成功或受歡迎的女性，都是非常大方的。不管是態度大方、對朋友大方、對該花的錢大方，因為她們深知要付出才有回報，她們花的每一分錢都贏得更多的錢，於是你會發現她們都是「越花越有錢」的那一種人。

她們待人大方，會記得送禮物給身邊的朋友，也會犒賞幫助自己的人，應該要付出的，她們不會小氣，她們會細心認真的挑選適合的東西送給她們重視的人。**因為她們相信施比受更有福，能付出是因為自己是富有的人，而她們知道現在小小的投資，未來都會是幫助自己的回報。**

但是她們也知道什麼該花什麼不該花，不會像男人一樣打腫臉充胖子，也不會為了占一點小便宜而以後虧更多。她們捨得投資自己，她們都會願意花錢買書、花錢聽演講，能提昇自己的錢，她們不會省。

因為大方而廣結善緣，也容易得到貴人相助，就像吸引力法則一樣，她也會吸引到一樣大方、樂於分享的朋友，在生活或工作上得到許多幫助。

堅強的意志力，永遠不否定也不放棄自己

有錢的女人不管原本多麼窮，她們都不會放棄讓自己更有錢的意志力。因為她們相信自己可以努力達成自己的夢想，不管遇到什麼困難，眼淚擦乾了，還是努力走下去。

她們在沒有錢的時候並不會否定自己，或認為自己不會有錢了所以放棄理財。相對的，她們在沒有很多薪水的時候，就知道要好好的善用自己的錢，不是有錢才理財，而是沒有什麼錢的時候就要理財。

以前我認識一些年輕的女生，她們都因為愛買名牌而有不少卡債，最恐怖的是還會互相比較，認為自己欠的比較少而開心。最後她們因此而信用不佳、負債還不完，乾脆自我放棄。一旦否定自己，就無法改變現狀，不相信自己能改變人生，就放棄了任何有可能改變的機會，很可惜。

不為了賺錢而改變自己的價值觀

你會發現，有錢的女人她們不是被錢所支配的，她們是金錢的主人，而不是金錢的奴隸。有些女人為了要有錢，會為了賺錢去改變自己原本的價值觀，譬如說為賺錢而做不當的工作、

為了錢去戀愛、為了錢去做一些自己內心裡並不認同的事，然後說服自己只要有錢天下無難事。

但是，當你為了錢去改變甚至扭曲自己的價值觀，最後你只是變成了被金錢操縱的奴隸，而你有錢了，卻是內心貧窮、心靈空虛，你有錢了卻不一定比較快樂。畢竟很多東西，不是金錢就可以換得的。

沒有窮女人，只有懶女人

你會發現，有錢的女人通常都不會是懶惰的女人。她們的執行力都很強，想要做的事就會馬上去做，而不是想想而已。**她們對人生是充滿活力和熱情的，她們會去學習很多東西、交朋友、旅行，甚至她們會有很多興趣，你看到她時，就感覺她的人是發光的、眼神是發亮的。**

她們對很多事情都充滿了興趣，求知欲旺盛，也會主動去找很多事情的答案。她對自己的每一面向都非常重視，所以她會重視自己的外表、穿著，重視自己的專業度、重視身邊的每一個人。她一定非常懂得時間管理，你總覺得她怎麼能同時做好那麼多事，那是因為她的行事曆一定都非常的清楚，她重視時間，也甚少遲到，答應的事情一定會做到。

所以，當我每次想要偷懶一下的時候，我都會想起那些比我更忙比我做更多事情的女人，我就不好意思讓自己停滯不前了。

女人，一定要動起來，才會不斷的進步。

不管單身或已婚，她都能讓自己快樂幸福

或許有人覺得女人有錢就一定會快樂，但可不一定，也有很多有錢但過的不幸福不快樂的女人，千萬不要讓自己成為人生只剩下錢的女人。

有錢的女人要快樂，她們都不是相信「只要有錢我就會快樂」的人，而是，她努力的讓自己快樂，去付出快樂，然後得到更多讓她快樂的事。她們是充滿愛的，愛自己也愛別人，所以她們的內心很富有。所以她們相信自己值得過更好的人生，而不會委屈自己在不值得的情境下不做改變。

女人不管是單身、已婚，都要有錢、有自己的錢。現在很多女生也懂得要為自己打算，不再覺得只要有人養就可以衣食無虞沒有後顧之憂，因為台灣的離婚率高，也讓女人更懂得警惕、保護自己，千萬不要被愛沖昏頭成為「人財兩失」的人。

有錢女人的體質，會努力讓自己快樂，努力讓自己的生活充滿幸福感。於是她們也會吸引到讓她們快樂、幸福的人事物。

永保一顆年輕的心

有錢的女人也有一個個性的特點，就是不管幾歲，她們一直都覺得自己很年輕。所以她們不會一天到晚喊老，不會因為自己年紀大一點就覺得自己辦不到，也不會倚老賣老，她們有一顆年輕的心，而且她們真的看起來會比較年輕。

年輕的心讓她覺得不管做什麼都不會太遲，現在才開始學習不遲、轉換跑道不遲、重新創業不遲，只要她們想要做的事，都不會太晚也不會設限。

永遠不拿「我老了」當作阻礙自己的藉口，她們才會越活越年輕、頭腦越動越快。

有錢的女人處處都有值得我們學習的地方，每當看著她們的故事和經驗時，好好的當作鼓勵我們自己的方式，很多時候，只是轉換自己的心態和想法，看事情的角度不同了，就會影響到未來的選擇。想要變有錢，就讓自己慢慢的變成有錢女人的體質，而不是看完了別人的故事關上書本，還是一成不變的過著否定自己的人生。

改變人生，先從改變自己開始吧！
你的想法變了，你的世界也會大大的轉變。

別為愛情人財兩失

存款簿永遠比男人還可靠！女人要有錢，女人變有錢，或許已經是事實，但是有錢的女人有時卻守不住自己的錢。拿錢去換愛情，這真的是最傻的事。

前陣子受邀到一個企業演講，企業的主管們特別在演講前跟我溝通要演講的內容，因為員工大部分為女性，他們希望我能針對他們員工的屬性，來講適合他們的兩性關係內容。

我很好奇，難得有企業演講會有主管那麼認真的，事前跟我溝通演講的內容，而且憂心忡忡的希望我多發揮影響力去引導員工，他們說：「我們這個產業比較特殊，幾乎每個員工都會遇到一樣的問題，真的很需要好好的幫助他們。」

根據企業主管的敘述，原來，這個產業的員工大部分為女性，都是技術性質的工作，學歷都不高，很早就出社會工作，普遍早婚早生子。雖然工作上薪水會比一般上班族多一些（工作時間也長），但是很少能把錢留在自己身上。尤其最容易被愛沖昏頭（我想這不分行業別吧），交往或結婚的對象通常條件也並不高。年輕出社會當助理的女生，因為工作時間長、對

外界的了解少，容易因為男生一句甜言蜜語或一點小小的恩惠，就覺得自己找到好的歸宿而輕易的放棄工作（但到後來還是會後悔，再回到職場）。

結了婚的員工，也因為工作時間太長，又要照顧家裡、處理家務，蠟燭兩頭燒，大部分的女生員工賺的錢比另一半多，但是錢也都奉獻給家庭，自己沒有留多少在身上，但卻常發生老公仰賴女方持家，卻又藉著女生工作時間長而在外劈腿。

企業主管說，一定要告訴女生員工，賺錢要多留一些在自己身上，只有工作不會背叛你，不要把愛情當作你的麵包。而且千萬不要以為男生對你好一點點，你就要奉獻自己的全部，真的要對自己好一點。

聽著主管們與我的對話，與他們擔憂的問題，其實還不乏男性主管也都如此認同。我突然心情變得沉重許多……

原來，有許多的女人，她們並不是不會賺錢、也並不是沒有錢，而是，她們往往因為傻愛而賠上自己的全部，為了當起女超人而創造出身邊沒有用的男人。她們認真的工作打拚，努力的愛人，卻連多愛自己一點也很難做到。

或許這一點就是女人的「韌性」吧，女人可以為了愛、為了家庭，扛起許多巨大的壓力和包袱。她們為了愛情、為了家庭、為了生活，蠟燭兩頭、多頭燒，但是，卻常忘了問自己：

「這麼做值得嗎？」

我也與她們分享自己曾經做過的傻事，譬如說借錢給男友，卻再也沒有拿回來。譬如說自以為體貼的想要照顧對方、為對方著想，但後來卻被當作理所當然。而當女人習慣性的無怨無悔的付出所有，最後得到的回報，可能是人財兩失。

女人要有錢，女人變有錢，或許已經是事實，但是有錢的女人卻有時守不住自己的錢，拿錢去換愛情，這真的是最傻的事。

女人最好不要與男友一同創業

我聽過許多故事，女人為了追隨男人而放棄自己本來的工作，與男人一同創業，說的好聽是創業，事實上是女人在工作，男人在收錢。

最後女人辛苦了多年，自己留不住一毛錢，也留不住男人。老實說，就算夫妻一同創業都有可能因為離婚或感情生變而影響事業了，更別提男女朋友。我一直覺得不管現在感情有多好的情侶，最好還是不要一同創業，除非你真的能預測未來感情不變，事業也不會影響感情，否則，何必拿自己的錢開玩笑，談到錢都會傷感情，到時又為了錢吵架撕破臉，何必?!

感情再好都不要借男人錢

許多女人談了戀愛總覺得，你的就是我的，我的就是你的。於是認為借個錢也沒什麼，總是會還的。但是我身邊的許多經驗都是到了分手還拿不回來，分手後還要討債，真是難堪。我自己借過錢的不愉快經驗，也讓我學到教訓，一輩子都不會借錢給對方。

不要說自私，也不要把愛情想得多美好。如果一個男人還要跟自己的女人借錢，那就是他真的走投無路了（否則他大可跟兄弟朋友家人借），何必要跟女人開口？

再者，我覺得既然要借錢，就把它當作「送錢」吧，因為你也不必期望可以要得回來。不討會難過，討了又會傷感，談戀愛不必跟金錢劃上等號。

男友不是拿來養的

最近我朋友跟我說，身邊不少姊弟戀的朋友都在養自己的小男友，令我非常訝異。她說因為那些女生很想談戀愛，但是愛上了經濟狀況比自己差的男友，因為很需要愛情，所以覺得花一些錢在男友身上也無妨。

典型的因為需要愛，而用錢來維持愛情。

但是，所聽到的結局幾乎都是不美滿的。因為當你養了男友，你的男友會去養別的女友。最後這個不平衡的狀況，只會讓你的男友因為失去了面子而要往別處尋找尊嚴。（或許有人會舉李安當作例子，可能你會是那個幸運兒。但是，那也不過是萬中選一。除非你的眼光夠精準，付出會值得，重點是你的男人有前途後又懂得感恩。）

現在的女人雖然經濟自主，也更懂得「女人要有錢」，但是卻常為愛情變成了火山孝女，人財兩失。

愛情，真的是女人最大的罩門啊！請記得別再把愛情和金錢劃上等號，好好守住你的錢，那才是一輩子跟著你的。

套一句我的口頭禪：「存款簿永遠比男人還可靠啊！」
愛情稍縱即逝，麵包才是跟著你一輩子的好朋友。

你是名牌的主人，還是奴隸？

如果有一天，當你不需要穿戴任何名牌，還能獲得別人的讚美和尊重，那才是最成功的一件事。

最近在新聞上看到未成年少女的賣淫集團，年紀最小才十二歲，看著新聞上那些小女生表示自己賣淫就是為了名牌包，那樣嘻笑的、變調的價值觀，讓我不禁覺得，是不是我們這個越來越金錢至上、笑貧不笑娼的社會害了她們？

有時遇到一些二十出頭的女生全身名牌，想到自己過去念書時從不知名牌包為何物，大學時代的名牌就是LeSportsac輕便包包，出了社會才會開始買名牌。就算現在三十好幾了，要我買一台新的iPhone4我都買不下手（手機對我來說是用壞才買），但是看到現在學生人手一台，名牌包已經成為許多人上學的包包。覺得時代越變越快，大家越有經濟能力，但價值觀也不斷的在改變。

朋友間討論起太年輕就全身名牌的小女生，不是覺得她太奢侈，就是懷疑她若不是身家雄厚，那麼金錢的由來會變成別人討論的話題。最近看到日本知名美容觀察家齊藤薰寫的《女

人要有型》一書，也提到很多對女人穿著打扮的建議，她也指出，什麼樣年紀、經歷的人穿戴什麼比較合宜，她說有自信、經歷的出色女人才撐得起套裝，什麼年紀要用適合自己年紀和氣質相襯的名牌包，否則並不會讓人對你用的名牌包讚美，反而會讓人懷疑你的錢從何而來，會有反效果。

炫耀式的消費不代表你的好品味，好的東西更需要好的氣質襯托，好的氣質才撐得起好的東西。我年輕時用名牌包不會像現在自在有自信，年輕時穿漂亮的衣服總覺得衣服和自己是兩回事，一直到現在才覺得是我在穿衣服，不是衣服在穿我。相信很多女人到了一個年紀後，也會擁有這樣的想法。

年輕的時候喜歡名牌是因為可以增加自己的自信，到了現在，我的自信已經是就算穿著路邊攤都可以讓別人以為這是名牌。就算告訴別人這是路邊攤，也一點都不會自卑或不自在。

所以看到許多女生這麼年輕開始用奢侈品，會是好事嗎？我不是酸葡萄或是唱高調，我自己也會買名牌包，我也愛血拚，但是這一切都是在我比較有經濟能力之後，也因為我是慢慢的從便宜的東西開始用起，所以每當自己的能力越來越能買好一點的東西，對我來說，是一種珍惜與感動。人生面臨到誘惑也是會有，但是想一想還好我都謝絕那些天上掉下來的「白吃的

午餐」，我從不覺得要拿什麼東西來做交換物質上的享受。

自尊、愛情、前途、人生……**都不是拿來跟金錢做魔鬼交易的。因爲我知道一旦我走了第一步，就會掉入貪婪的陷阱。**

金錢買得到許多東西，卻買不到別人眞心的尊重。

買名牌，慢慢來，要期許自己成爲名牌的主人，而不是名牌的奴隸。

如果有一天，當你不需要穿戴任何名牌，還能獲得別人的讚美和尊重，那才是最成功的一件事。

PART 7　美麗：

愛美，是一種禮貌，把衣服穿得好看，是一種才華！

他愛你的美，也愛你的醜

有的男人你與他在一起，你總擔心自己哪裡不夠好，他會不會生氣嫌棄你。有的男人你與他在一起，你從不擔心自己不好，你願意告訴他你所有不美好、醜陋的一切。於是你才知道，最後你願意牽手一生的是誰。

前陣子參加好姊妹的婚禮，看到她幸福快樂的牽著新郎的手，兩個人笑得好甜，內心覺得好感動，也很替她開心找到了真心疼惜她的另一半。想到她之前不愉快的感情經驗，更令我相信，她找到的老公，是真的疼她的男人。

看一看身邊幸福婚姻的案例，讓我發現許多幸福的女人找到的另一半，都有共同的相似處，就是這些男人或許不高不帥不是多金男，但是都很會照顧女友、很疼老婆，聽老婆的話並且有點怕老婆的性格。

而這些女人，並不一定第一眼就會喜歡上這樣的男人，但是她們經歷了一些痛苦的感情路後，最後才發現自己要的是什麼，什麼樣的男人才會是一輩子照顧她的好男人。

尋找真愛，有時像是「刪去法」，很多你以為你愛的、適合你的，最後發現跟他們在一起你都不快樂，於是你刪去了帥

哥、刪去了多金男、刪去了多情男、刪去了那些沒有肩膀不負責任的懷才不遇男……最後你才知道，眾裡尋他千百度，那人卻在燈火闌珊處。

有些男人，你跟他在一起總是戰戰兢兢，就像有些女生跟男友在一起總會擔心自己不夠美、不夠瘦、不夠有魅力，有些女生跟男友在一起不敢開懷大笑、說髒話、不敢喝酒、不敢大吃、不敢發胖，注重形象，怕男人嫌她、不喜歡她。於是時時都以「男友喜歡」為她的價值觀，很怕男友生氣，很怕男友外遇，都是因為自己不夠好，原本是快樂的大美女，後來變成了沒有自信的自卑女。

這些女人，為了維護得來不易的愛情，沒有一刻是輕鬆自在的。

相反的，有些男人，你與他在一起，卻覺得輕鬆自在，不必擔心今天素顏、假睫毛沒有貼、小腹忘了縮、胸部忘了墊，你可以在他面前盡情展露那些你認為羞於見人、真實的自我，你不用擔心他會否定你、嫌棄你，因為你在他的心中，永遠都是最愛的女神。你笑起來的時候，是多麼的自在。

你戰戰兢兢的談了幾場戀愛，發現自己不斷的說服自己幸福，卻總是傷痕累累的結束。

最後你快放棄愛情的時候，你就會遇到一位「怎麼看都不像你的菜，跟他在一起卻好自在」的精神伴侶。

這個男人會愛你勝過他自己，他會用心疼你而不是先想到他自己，他會做那些你以前為別人做的事情，他會時時刻刻告訴你：「你很棒！」而不是讓你害怕你不夠棒。

他會愛你，不是因為你多好，而是，不管你好不好，即使在人生最糟最醜的狀況下，他還是讓你覺得那樣的自在。

愛你的美好很容易，但是懂得、接受並愛你的醜陋，那真的非常不容易。

希望你有一天能夠找到這樣的人，他才是真的會牽著你的手一生的男人！

理直氣壯愛漂亮

如果你要獲得讚美，可以用讚美自己的方式去吸引別人認同，而不是批評自己的方式去吸引別人安慰。一個愛自己、有自信的女人，是不會用批評自己的方式來獲得認同的。

　　我從小到大都是一個很愛美的女生，一直到現在我都是個又愛美又莫名其妙對自己「自我感覺很良好」的女人，不管是胖是瘦、是醜還是美，我一直都對自己很有自信，而且從不覺得女人愛美就是為了男人。

　　我曾在書裡寫過：「女為己悅而容。」不再是過去的「女為悅己者容」。曾經有人反駁說：「女人當然是為了男人打扮，沒有男人幹嘛要打扮！」聽到時我也笑笑的同意她的說法，當然，你要為了男人打扮，或只為了男人打扮，那是個人的想法囉，這是每個人不同的價值觀。

　　只是我自己的想法是，我當然有時會為了男人打扮，但主要是我還是為了自己開心而打扮。也就是說，如果為了男人開心而做自己不喜歡的打扮（譬如說穿自己不愛的衣服，或不能穿自己喜歡的衣服），我也不會做。女人愛自己、讓自己變得更

好，打扮自己最主要還是要讓自己開心，讓自己喜歡自己。

就算沒有男朋友、沒有約會、不會遇到異性，甚至世界上沒有了男人，我還是會一樣的打扮自己。我並不會因為跟同性友人出門就不打扮，跟男友出門才打扮。基本上，我都是一樣的。

有些人會因為沒有男友、沒有「目的性」，所以覺得打理自己、打扮自己都是沒有意義的。

但我個人想法比較不一樣，就算沒有男友、沒有「目的性」，我還是會把自己打理好，頭髮亂了就要整理、指甲要修要塗美美的指甲油、有毛就要修要除毛、皮膚要保養、身材要維持，要買漂亮的內衣和衣服，做這些事情就可以讓自己很快樂，這樣的快樂並不是來自於男人的肯定和獲得男人的注意。而是我很喜歡自己的狀態。（天曉得穿上一套喜歡的內衣和做了漂亮的美甲光療有多麼開心啊！）

誰說約會才能享受？就算一個人也要好好的自己跟自己約會，吃美食、喝美酒、去旅行，好好的充實自己，把自己變成內外兼具的好對象，而不是等到遇到好對象才臨時抱佛腳。認真的交一些好的朋友，而不是為了要認識異性才交友……

現在的女人是為了自己開心而打扮，才不是為了要討好男人（當然也是有啦），就算沒有男友、就算單身，內衣還是要穿

得性感，妝還是要化得漂亮，好好打理自己，隨時都可以去約會。該投資自己的內在也不能省，因為自己愛自己了，散發出「我很喜歡我自己」的光芒，不為男人，而是樂於成為女人。

我發現，身邊有許多明明很漂亮又很瘦的女生，卻對自己沒有自信心。或是有條件穿好看衣服的，卻不敢嘗試，她們總覺得自己哪裡不夠完美。

後來我觀察到一個現象，通常有個愛漂亮的媽媽，女兒也會是個比較有自信心的女生。怎麼說呢，譬如說我從小其實不是那麼愛美，但是我媽媽總是每天早起幫我梳漂漂亮亮的辮子配上髮飾，她會希望我看起來乾淨又漂亮，一點也不能邋遢。一直到現在，我每次要穿牛仔褲出門，我媽媽都會說：「穿裙子比較漂亮，女生不要一天到晚穿褲子！」「你怎麼穿球鞋呢？穿高跟鞋比較好看！」「要不要換一件衣服，這樣搭配比較好看！」她很鼓勵我、讚美我，說要用心打扮再出門，否則這樣沒有禮貌、沒有女人味，去什麼場合就要穿什麼衣服，才不會失禮。這是我們的家庭教育。

有的朋友聽到後覺得很訝異：「你媽媽真的很新潮！像我媽就會說我腿粗不要穿裙子。」仔細想想，即使我胖的時候，我媽從沒說過我胖，她總是讚美我的優點。所以這大概是我「自

我感覺很良好」的自信來源吧。

很多女生缺乏自信，是少了肯定她的人，媽媽、男友、朋友……都是關鍵性的角色，如果你的朋友缺乏自信，請一定要用力的肯定她的優點。

誰說我們都要有完美的身材，都要瘦到穿下XS號的衣服？事實上，我們也可以不要喜歡那些只愛排骨精的男人啊！我認識許多男生，都害怕瘦得病態的女生，也不愛胸部大得不合比例的女生，他真喜歡你，就算你胖了兩公斤，他根本不會發現的。（倒是你不斷的提醒，他才會發現。）

你會發現那些真正吸引你、有魅力的女人，都不是完美的，她們的優點可以讓你忽略她的缺點。反倒是如果你一直在意、一直提你的缺點，就像很多女生喜歡跟別人批評自己的長相身材（譬如每天喊說：我又胖了、我好醜……），我覺得這樣的女生再怎麼漂亮都不會令人喜歡，因為你只會吸引別人注意你的缺點。

所以我常跟很多女生說，千萬不要在別人面前批評自己，就算你要獲得別人的肯定（Ex：哪有，你不胖啊！拜託，我才比你胖！），也會令人覺得乏味。更無禮的是在明知比你差的人面前批評自己（譬如在比自己胖的女生面前說自己胖），我覺得是很傷人的事。

如果你要獲得讚美，可以用讚美自己的方式去吸引別人認同，而不是批評自己的方式去吸引別人安慰。

　　一個愛自己、有自信的女人，是不會用批評自己的方式來獲得認同。

　　當女人在自處的時候可以讓自己快樂開心有自信，那樣的光芒才會吸引許多和自己一樣的人、吸引欣賞你的另一半。而不是批評自己來獲得朋友的讚美安慰，不負責的把自己的生活弄得一團糟來博取同情獲得拯救，放任自己越來越差，再來抱怨為何老天不幫助你……

　　我一直覺得，把人生的幸與不幸交到別人手裡，那真是天大的風險。

　　同理，如果把「男人的認同」當作自己生活的標準，「男人的喜愛」當作自己審美的標準，最後，你的自信變成要靠男人打分數，你才能自我認同自己是不是好的、是不是美的、是不是值得愛的，那樣的生活實在太辛苦。

　　不管有沒有人愛，都要先愛自己。雖然是一句老掉牙的話，卻一語點出了很多人的盲點。女人從小到大不斷的需要獲得認同才能建立自信（家人認同、同儕認同、男友認同，甚至是男友的家人認同、網友或路人甲的認同……），卻少了一些「自

我認同」的信心。

如果自信心強大的女人，根本不會因為別人一句「你胖了」「你不正」「你不年輕」……的話而生氣。

有自信的女人知道，不需要那些對她人生而言一點也不重要的人來肯定她。

然後你會發現，一個女人的心地、心境和心態，造就她會不會越來越美、越來越受歡迎，多微笑，你就有一張討人喜歡的臉，少批評罵人，你就會少一點皺紋。

有人說世界上最棒的化妝品就是笑容！

當一個理直氣壯愛漂亮、愛自己的自信女人，不管有沒有戀愛都要喜歡你自己，不管有沒有約會都要打扮保養自己，無論如何都要相信自己值得幸福快樂。從這一刻起，理直氣壯往前邁進！

女為己悅而容，女人為了自己喜歡、自己快樂、愛自己而打扮，讓自己變得更好。即使沒有男人在一旁肯定，她也可以百分之百相信自己是最棒的。

請讚美你身邊的女人，請學會欣賞、讚美你自己。

聰明與漂亮，你選哪一樣？

一個愛你尊重你的男人，絕對希望你除了外表之外還有腦袋，而不是希望以你的愚蠢來滿足他的「沒自信」，以你的貧窮、經濟不獨立來滿足他的「掌控欲」，以追求女人無知來滿足他對自己性能力的肯定。

有次與男性朋友聊天，隨口問到：「如果你有女兒，你希望她要聰明，還是漂亮？」

男生不假思索說：「當然是漂亮！」

我突然震驚了一下：「為什麼你選漂亮？」

他說：「那你呢？」

「我當然選聰明！」我接著說：「我喜歡聰明的女生，這樣她會念書、有腦袋也有能力，不用擔心她的前途和未來，不是很好嗎？」

男性友人笑了一下：「別傻了！女生只要長得漂亮，不怕沒人要，嫁得出去最重要。聰不聰明一點也不重要啦！」

「什麼？難道女生只要漂亮就好嗎？其他都不重要了嗎？」我簡直不敢相信。

「當然聰明又漂亮很好，但如果要選，我會選漂亮。不信你

去問其他男生……」

　　於是我以「女人漂亮和聰明，哪一個比較重要」的問題隨意問了許多女生和男生，大部分的女人回答：「聰明比較重要。」大部分的男生回答：「漂亮比較重要。」

　　我不斷的思考著是否男女的價值觀有異，剛好也看到了理財專家夏韻芬的專欄裡，寫到「選擇性」的文章，她寫到「女人有錢和性感，你選哪一樣？」大部分女生選性感，選有錢的怕自己愛錢會被誤認現實，外表與金錢的選擇，看來許多人還是會選擇外表。但我相信，這樣的問題問男人，應該也是性感會獲得多數的支持吧……

　　有感而發，在面臨選擇題，尤其是單選題的時候，表現出我們的價值觀。

　　夏韻芬提到，有錢的女人可以努力讓自己變得性感，性感是需要金錢的支持，譬如說化妝、治裝、買保養品、買漂亮的內衣、學跳舞上瑜珈、做臉做Spa，女人維持性感的外表不能沒有錢。

　　有錢的女人也可以靠自己努力讓自己越來越漂亮性感，成為後天美女，過了三十歲以後繼續維持體態外貌。這一點我很贊成，女人的美麗是需要金錢的。

　　但是只有性感卻沒有錢的女人，卻往往需要靠性感賺錢。

靠外貌討飯吃的人，即使捧到了金飯碗，也難保未來幾年後不會被青春肉體取代，永遠有比你漂亮、比你性感的女人，如果一個男人愛你只是因為你很性感，那豈不是史上最有風險的投資？

當然，外表很重要，除非你是盲人，否則你不能否認。我當然贊同女人要愛美、要為美麗努力。但是美麗不應該只是你的主要價值，而是附加價值。這樣你才不會成為一個除了外表外，沒有任何價值的女人。當你老了、醜了就沒有身價，等著被淘汰，豈不是很可悲的事？

聰明與漂亮的選擇，我一定會選擇聰明。同理而論，聰明的女人可以有自信、有能力，能夠在社會上生存，而且能經得起時間考驗。漂亮但不聰明的女人雖然很討好，你問那些喜歡漂亮女生的男生就知道，他要的只是一個好搞定好擺布（好騙）的女友，漂亮不聰明的女生容易遇到一個只喜歡她外表的男人，或許表面看來吃香喝辣，運氣好的話還可滿足貴婦欲。

但是，只能靠外表討生活的女人其實比靠自己的女人還辛苦。那是最大的風險，你的人生很難掌握在自己手裡。

如果說男女關係如同人肉市場，強勢的永遠是買方市場（可能是男方市場，也可能是女方市場），你一定不能讓自己成為

人肉攤上的弱勢賣方。

當你擁有的只有漂亮性感，保存期限短，只好不斷降價求售、強迫銷售，但別忘了，這個市場永遠有比你鮮美多汁的肉隨時補貨。你要挑人還是被挑，你要當買方還是賣方？

美麗，的確是一張通行證。但是過了第一印象後，你要靠的還是你自己的實力。

如果可以，我們當然希望能同時擁有聰明、漂亮、有錢、性感！

但是，一個愛你尊重你的男人，絕對希望你除了外表之外，還有腦袋、能力，而不是希望以你的愚蠢來滿足他的「沒自信」，以你的貧窮、經濟不獨立來滿足他的「掌控欲」，以追求女人無知來滿足他對自己性能力的肯定。

其實我從小到大，一直不懂為何女生都喜歡男生罵她：「笨蛋！」而不是肯定她：「你好棒！你好聰明！」不過，大概女生也都習慣了「被罵笨蛋當作甜蜜有趣」，男生也習慣了「罵女友笨蛋代表我很強可以保護你」，但老實說，每次男生罵我笨蛋時，我內心並不真的覺得他們比我聰明。只不過會配合演一下戲。

男人不懂，很多女人不是笨，而是懂得裝笨。

但我希望這年頭的男人可以有點長進，不要總是以「罵笨蛋

當有趣」來表達你的愛意。而且能夠認真欣賞、肯定女友的長處和成就，而不覺得威脅到你們男性的自尊。

另外，我更有一個感慨，我發現，現在許多就學的女孩年紀輕輕卻只重視自己的外表，開口閉口的話題只有美容減肥名牌和男友，除此之外沒有其他生活的重心和重點。於是你可以看到許多真的很漂亮很會打扮也很性感的女生，一開口就令人感到言語乏味。這樣的漂亮，大概只能撐到二十五歲吧！

過度重視外在的女生，凋零老化的程度比其他女生快，許多二十出頭看起來就像三十幾歲的熟女一樣，外在過熟了，內在卻不成熟，這或許也是現在過度重視外在的社會另一個隱憂。

外表、內在都一樣重要，絕不能把心思都花在外表的包裝，而忘了充實自己的內在。美貌、聰明都一樣重要，可以當一個聰明的美女，你的人生會更有選擇權。聰明不只是耍小聰明，而是善良和智慧，有智慧的女人，才能經得起時間的考驗。

有錢很重要，有錢是指經濟獨立，不用看男人臉色，擁有自己財務的主導權，才能替自己的人生作主。

性感很重要，不只是身體性感，腦袋也要一樣性感。

性感不應該只是擠乳溝挑起欲望那等低俗的層次，而是成為一個有魅力的女人。當個美麗的女人，除了男人愛你，也要讓

女人一樣愛你，才是最成功的美女。

　　無論你選的是什麼，最重要的是，要當個有「選擇權」的女人。

　　以長遠看來，聰明有錢的女人，比漂亮性感的女人，更有選擇權。

　　你想當什麼樣的女人？希望你的人生不是單選題，而是能夠勾選「以上皆是」。

不爆乳，你才能遇到好男人！

要吸引到什麼樣類型的男人，就要先把自己變成什麼樣類型的女人。要遇到好男人，就讓自己成為好男人會欣賞的女人，而不是壞男人會追求的女人。

我認識一個女生，長得非常漂亮、身材又好、個性善良、人緣不錯，簡直是天之嬌女，令人稱羨。但是唯一不幸的是，她始終遇不到好男人。

她常來跟我哭訴又遇到不好的男生，她交的男友不是花心玩咖就是追到她後態度丕變，來搭訕的、想追她的都不是好男人，看著她常常抱怨自己不幸的感情運和爛桃花，我也時常替她覺得不解，條件這麼好、個性這麼棒的一個正妹，為什麼感情路總是這麼不順遂？

有一次她又跟我哭訴為何身邊總是遇不到正常的、不花心的、值得交往的好男人……我看著她漂亮的臉蛋與完美的身材，突然之間，我找到了答案。

我含蓄的告訴她：「如果你把自己包緊一點，或許可以遇到正常一點的男人。」

「什麼意思？」她天真的看著我。

「嗯，就是……或許你總是穿得太性感了（我指一指她爆乳的乳溝），比較容易遇到不正經的男生，或那些只想跟你上床的男生，你不覺得你和男生的進展都太快了嗎？」我努力的語帶保留，不知怎麼說才會比較不傷人。

她說：「真的耶……」

我仔細回想起她所遇到的男生類型，我幾乎可以歸類、做出結論，那些男人都是第一眼看到她就狂追求（根本連她個性如何、腦袋裝什麼都不了解），喜歡她的外表和身材，然後約她出來的時候想盡辦法發生性關係。有的是一夜情（或多夜情），有的變成搞曖昧，有的真的在一起了，最後都是因為男方劈腿分手。

每次聽到她悲慘的感情經驗，我都替她覺得可憐與不平，但漸漸的，我發現，有些人真的會特別吸引到不好的男人。

如果每次都遇到這種爛桃花，或許自己也應該想想，為什麼你會成為爛男人的菜？

現在媒體總是吹捧著爆乳風，似乎女生不爆乳，男生就不愛。舉凡內衣廣告一定要把奶擠到不能呼吸，才能吸引男友的目光，美容飲品強調青春期女生若胸部小，就會沒有男生愛。

綜藝節目上爆乳女星大對決，一天到晚教人怎麼擠乳，好像沒有爆乳，就沒有人注意。於是，年輕的女生覺得爆乳才是美麗、才是性感，才會有男生愛，現在連高中生都會學爆乳，國中生才發育就擔心自己胸部不夠大，因為電視上的女星胸部都長得像碗公一樣大。

我常不懂的是，難道，那些女人真的覺得性感與魅力只在於「胸部大」嗎？難道，沒有爆乳，你就沒有別的優點了嗎？每天看到一堆胸部，其實也很膩，你們真的覺得男人認為這樣性感，但或許並不是每個男生都這麼想。

當我看著爆乳的女生，連我是女生，都覺得跟她說話時視線都會不小心跑到胸部，更何況男生怎麼看你。你可以盡情展示自己的優點，但是對剛認識你的男生而言，不管你有多少優點，他只會記得「視線的焦點」。如果你每次跟男生出去時，都把自己搞得像爆乳女星，你只會吸引到那些只愛你身材的男人。

要吸引到什麼樣類型的男人，就要先把自己變成什麼樣類型的女人。

如果你總是賣弄性感，會遇到只愛性感（只愛性）的男人；如果你愛玩，當然總是遇到「歡場無真愛」的男人；如果你現實又市儈，就會遇到那些假小開或愛用錢買女人的男人；如果

你不提昇自己，自然不會遇到你眼中的好男人。想吸引什麼類型的男人，就把自己變成那個類型的男人會欣賞的女人。

所以，不要每天都賣弄性感，也不要沒有爆乳就沒自信，更不要把自己變成廉價又不被尊重的女人。

當然，性感很好，很多好看的衣服難免低胸，我自己也喜歡那些性感又可愛的衣服，但是，我絕對不會想盡辦法把胸部擠到下巴、或是一定要墊到超過兩個Cup，爆乳到變成三頭怪（胸部跟頭一樣大）。對我來說，性感是自然大方的態度，而不是弄得別人都覺得你不自在、不自然。

我跟男人約會，絕對會一開始盡量避免過於性感的衣服，我希望他注意力集中在我的個性、我的思想、我的言語，勝過我的身材。

對於許多對自己身材沒自信的女生，覺得爆乳才是性感的女生，我想說的是，性感跟尺寸無關。檯面上的女星需要靠爆乳搏版面，但平凡如我們不需要藉此博取男人的目光，更何況內衣廣告都是修過片，很多內衣廣告女生的胸部甚至不是真的，我們又何必跟她們比較？

性感很好，有美好的身材很好，露出乳溝也很美，但是，請不要過於迷信「爆乳」的魅力，請不要讓自己成為只有「性

感」這個優點的女生。

　　想要遇到什麼樣的男人，就先把自己變成那樣的女人。要遇到好男人，就讓自己成為好男人會欣賞的女人，而不是壞男人會追求的女人。

　　不爆乳，你會獲得更多尊重。你才會遇到更好的男人！

我愛你，但是我更愛我自己

　　「愛自己」是我常在文章裡面出現的中心思想，但其實執行起來往往很多時候有困難，看起來很有自信、很快樂的我，也常在問我自己：「我愛我自己嗎？」

　　在經過了否定自己、失去自信，在愛情裡面愛得沒有了自己、討厭自己之後，突然想到，為什麼我們要因為別人而失去了愛自己的能力？

　　我們總是苦苦的追求著有人愛我，「有人愛」已經成為了一種幸福的象徵，譬如說：有人追、有穩定交往對象，甚至是結婚終結單身。大家總是覺得（甚至你也這麼以為）「有人愛」就是快樂、就是幸福，但為什麼有時候你會懷疑，你已經擁有愛了，你卻沒有你想像中的那麼幸福快樂。

　　你以為你有了愛情，你不會孤單，你以為你有個伴了，你應該幸福。但是你卻覺得越來越寂寞，然後你卻在一段穩定的關係裡渴望幸福？

　　這不是很矛盾嗎？我們追求了半天，最後才發現，當我們把快樂和幸福都託付給別人，都押注在愛情裡，當我們以為快要

溺水了趕快找一塊浮木，我們就可以得救，最後我們才了解，原來我們打從心裡面就否定自己，我們不認為自己一個人是快樂的，我們認為一個人在這世界上是殘缺的。

因為我們是殘缺的，所以才要找另一半，因為我們不快樂，所以才要找人讓我們快樂，因為我們覺得自己不夠好，所以才要有人來肯定我的好，因為我們覺得自己不配幸福，所以努力的向別人證明「我很幸福」。

但是，夜深人靜的時候，我們會不會懷疑，一直追逐著別人認同的成功、幸福、快樂，是不是能讓我們打從心裡認同我自己？我們努力的獲得愛情的同時，是不是也常懷疑，這樣做是對的嗎？為什麼我要這麼討厭我自己，為什麼越愛他，越討厭我自己？

我曾經歷了一些「我愛你，但我不愛我自己」的愛情，為了變成一位好女生、好女友，甚至可能是未來好太太的形象，而放棄了我自己的夢想或喜好，努力成為對方喜歡的樣子。最後還是失敗了，因為對方不懂得欣賞真正的我，只喜歡他眼中的我。當我懷疑過：「這樣做是對的嗎？」「我真的快樂嗎？」我內心就知道，這是不對的，我不快樂。

我們在愛情裡，常會不小心變成自己希望的樣子（或對方期望的樣子），而不是自己喜歡的樣子。我們用著不愛自己的方

式去愛人，那麼，對方當然也會不愛我們，然後我們會更不愛自己。

　　每次想到這裡，我總會想到《慾望城市》裡 Carrie 的男朋友們，艾登是個好男人，一般人會告訴你要跟這樣的男人在一起，但是你跟他在一起不能盡情的做自己（譬如說 Carrie 不能抽菸），你會說服自己遇到了好男人，犧牲一點自己又如何，但最後你還是會去找可以讓你盡情做自己的的男人。

　　Carrie 的俄國藝術家男友，有錢又會照顧她，帶她一起去巴黎，有什麼不好？一般人如果看到你遇到大方又有錢有才華的男人，就會跟你說有何不好？但是他會把自己的事情看得比你重要，甚至把你丟下，要你放棄你的約會，去配合他。

　　Carrie 會跟 Big 在一起，我覺得是兩個人都知道自己不完美，但是就是可以做這麼不完美的自己，遇到一個喜歡不完美自己的另一半，才是多麼開心的事吧！如果你能遇到一個愛你，愛真正的你的人，你就不會愛著他，但是不愛你自己。

　　我們追逐了太多別人給我們的期待，卻很少問自己，這是不是我愛的。於是我們會指責：「為什麼我對你這麼好，你卻不愛我？」「為什麼我付出這麼多，得到這樣的回報？」為什麼別人要對你好，要愛你？難道別人對你不好、不愛你了，你就

不對你自己好，不愛你自己嗎？

　　每一次當我負氣的想要做一些對自己不好的事時，我都會反問我自己，這個世界上只有我能主掌我自己的命運，如果連我自己也放棄了，就不會有人可以幫我了。無論如何，我都不能放棄自己。

　　不管我再怎麼討厭我自己，我都要接受不完美、接受挫折、接受現實，然後找回愛我自己的方法。讓自己變得更好，然後值得更好的人生。

　　找到自己，需要花很多的時間和力氣，尤其是曾經失去過自己的人，曾經把人生希望和命運都託付在別人身上的人，曾經把喜怒哀樂都依賴在別人心情上的人，你要找到自己，把你的靈魂變成獨立的個體。然後，努力當一個很了解自己，很清楚自己要的是什麼，當沒有一個人可以傷得了你的人。

　　你可以愛任何人，但記得千萬要先愛自己。你可以做任何決定，但請記得知道自己要的是什麼。你可以用盡力氣去愛一個人，但請記得不要用愛情去毀滅你的人生。

　　如果任何一個人用讓你否定自己、懷疑自己的方式去說服說他是愛你。請記得，那不是愛。沒有一種愛要讓你否定你自己。沒有一種愛要你犧牲自己的人格、踐踏自己的自尊、委屈

自己的人生，去成爲一個愛對方的人。

你很愛他，你愛自己並不會讓你對他的愛減少，反而會增加。你的愛更有自信、更有能量了，你能付出得更多，因爲你相信自己是個更有力量的人。

我喜歡看著那些經歷過傷痛和挫折過的朋友，重新找到自己的目標和自信，他們再度展露出來的笑容，是多麼的有光芒。因爲他們更清楚自己要的、不要的是什麼。

經歷過這些年的歷練，我發現我更喜歡自己了。不是因爲我有多好，而是我知道不管發生什麼事，我都能一直保持著熱情和勇氣，以正面思考與正面心態面對所有人事物。不管成名或工作會改變我的生活，我還是一直保持著最初的熱情和用心。雖然很難，但是我努力的做好我自己，不管別人或這社會用多複雜和有色眼光來看我，我還是在別人面前做最眞實的自己，就如同你們看到的我本人，這就是眞正的我。

我不用刻意去討好誰，或讓人喜歡我。因爲我知道，喜歡我的人，都是喜歡我眞實但不完美性格的人。我只要努力的做好我自己，就會遇到喜歡眞我的朋友。

在愛情裡，我學會正視自己的想法，不再把委屈忍耐當作愛的表現，也不再強迫自己扮演一位別人眼中的完美女友。而是我眞誠的用我自己的個性去愛人，不要勉強去愛，也不要勉強

自己一定要談戀愛。

　我會愛一個人，但是我會先愛我自己。

　我喜歡與自己相處，因為我愛我自己。

　我很快樂，然後我們在一起才會更快樂。

　送給每一個曾經不夠愛自己的你。

　你值得對自己更好，擁有更好的人生，只要你不放棄自己。

　我們都要學會好好愛自己。

　獻給你，我最親愛的讀者，永遠不要放棄自己！

Illy

2011年10月

http://www.booklife.com.tw　　　　　　reader@mail.eurasian.com.tw

圓神文叢 111

愛自己——我愛你，但是我更愛我自己

作　　者／女王

發 行 人／簡志忠

出 版 者／圓神出版社有限公司

地　　址／台北市南京東路四段50號6樓之1

電　　話／（02）2579-6600 · 2579-8800 · 2570-3939

傳　　真／（02）2579-0338 · 2577-3220 · 2570-3636

郵撥帳號／18598712　圓神出版社有限公司

總 編 輯／陳秋月

資深主編／沈蕙婷

責任編輯／沈蕙婷

美術編輯／金益健

行銷企畫／吳幸芳 · 陳姵蒨

印務統籌／林永潔

監　　印／高榮祥

校　　對／林平惠 · 沈蕙婷

排　　版／杜易蓉

經 銷 商／叩應股份有限公司

法律顧問／圓神出版事業機構法律顧問　蕭雄淋律師

印　　刷／祥峰印刷廠

2011年11月　初版

2022年12月　54刷

定價 290 元　　　　ISBN 978-986-133-385-4

每一本書，都是有靈魂的。

這個靈魂，不但是作者的靈魂，

也是曾經讀過這本書，與它一起生活、一起夢想的人留下來的靈魂。

——《風之影》

想擁有圓神、方智、先覺、究竟、如何、寂寞的閱讀魔力：

◙ 請至鄰近各大書店洽詢選購。

◙ 圓神書活網，24小時訂購服務

　免費加入會員‧享有優惠折扣：www.booklife.com.tw

◙ 郵政劃撥訂購：

　服務專線：02-25798800 讀者服務部

　郵撥帳號及戶名：18598712　圓神出版社有限公司

國家圖書館出版品預行編目資料

愛自己：我愛你，但是我更愛我自己 /
女王 著；-- 初版. -- 臺北市：圓神，2011.11
216面；14.8×20.8 公分. --（圓神文叢；111）

ISBN 978-986-133-385-4（平裝）

855　　　　　　　　　　　　　　100019101